Sylvain Meunier

L'homme qui détestait le golf

II0883636

la courte échelle

Les éditions de la courte échelle inc.
5243, boul. Saint-Laurent
Montréal (Québec) H2T 1S4
www.courteechelle.com

Direction littéraire :
Geneviève Thibault

Révision :
Julie-Jeanne Roy

Mise en pages :
Sara Dagenais

Dépôt légal, 2e trimestre 2009
Bibliothèque nationale du Québec

La courte échelle reconnaît l'aide financière du gouvernement du Canada
par l'entremise du Programme d'aide au développement de l'industrie de
l'édition pour ses activités d'édition. La courte échelle est aussi inscrite au
programme de subvention globale du Conseil des Arts du Canada et reçoit
l'appui du gouvernement du Québec par l'intermédiaire de la SODEC.

La courte échelle bénéficie également du Programme de crédit d'impôt
pour l'édition de livres – Gestion SODEC – du gouvernement du Québec.

**Catalogage avant publication de Bibliothèque et Archives nationales
du Québec et Bibliothèque et Archives Canada**

Meunier, Sylvain

   L'homme qui détestait le golf

   2e éd.

   ISBN 978-2-89651-089-4

   I. Titre.

   PS8576.E9H653 2009   C843'.54   C2009-940701-9
   PS9576.E9H653 2009

Imprimé au Canada

1

L'obsession
du sergent-détective Drummond

Soucieux de la qualité de l'air autant que du bon état de ses mollets, le sergent-détective Desmond D. Drummond n'utilisait nul autre véhicule que ses chaussures noires à semelles épaisses pour se rendre, chaque matin, au Grand Quartier général de la Sûreté du Québec, rue Parthenais, à Montréal. Il y travaillait depuis janvier. La promenade durait trois quarts d'heure, un peu plus par mauvais temps, un peu plus encore quand les trottoirs se transformaient en patinoires.

Mais le sergent-détective Drummond ne se plaignait jamais du climat québécois, dont il avait déjà pu apprécier les humeurs hystériques à la faveur d'affectations en région. Drummond était un authentique Anglais d'Angleterre, fier de son éducation de gentleman, laquelle lui interdisait de regimber futilement contre des phénomènes qui ne sont imputables à personne.

Au début de son séjour, toutefois, quand il avait constaté que ledit climat rendait impossible la pratique du golf six mois par année, il avait dû puiser dans ses réserves de flegme pour demeurer serein. Par la suite, il avait découvert que la torture de la privation était largement compensée par l'exultation ressentie au moment des retrouvailles. Il crut alors avoir percé les mystères de l'âme québécoise, dont les innombrables contradictions l'avaient, de prime abord, laissé perplexe. Comment ce peuple pouvait-il être à la fois si chaleureux dans son accueil et tellement chauvin dans son attitude ? Comment la culture de ce même peuple avait-elle pu se tailler une place aussi disproportionnée à l'échelle internationale, alors qu'il se montrait par ailleurs tellement inculte ? Et ce n'étaient là que deux éléments d'une longue liste de paradoxes.

Cela dit, il ne regrettait pas du tout d'avoir choisi le Québec pour y approfondir sa connaissance de la langue française et y rechercher, accessoirement, des façons de faire particulières dont les corps de police de son pays pourraient s'inspirer. En France, il n'aurait pas été suffisamment dépaysé — ses anciens professeurs étaient Français. En Belgique, il aurait été hanté par le fantôme d'Hercule Poirot. En Afrique ou au Moyen-Orient, c'eût été trop dangereux. Au Québec, donc, il avait espéré redécouvrir la langue de Molière sans ce vernis dont on la recouvre ailleurs et qui la rend parfois cassante. Et il était comblé.

À Montréal, par contre, il avait été déçu d'avoir à insister pour qu'on lui parle français, même au bureau, où certains de ses collègues se complaisaient à dérouler devant lui le tapis rouge de leur bilinguisme.

Quoi qu'il en soit, en ce matin tiède, sec et lumineux, typique de l'avril de cette année-là, le sergent-détective Drummond se sentait particulièrement heureux d'être venu au Québec.

Avec son chapeau mou, son imperméable et son parapluie, sans lesquels il ne sortait jamais, ses généreuses moustaches destinées à camoufler ses narines évasées et, surtout, son air d'enfant émerveillé, le personnage ne passait certes pas tout à fait inaperçu dans le petit monde débraillé de la rue Ontario. Mais lui ne remarquait personne, trottant allègrement, la tête ailleurs.

On aurait pu penser que son esprit folâtrait sur un vert quelconque du *West-Island* où, en ce début de saison, il avait déjà joué à deux reprises. Or, ce n'était pas le cas. À vrai dire, son cœur n'y était pas non plus, et ça, c'était grave.

C'est que le sergent-détective Drummond était tenaillé par une véritable obsession qui avait hanté les interminables nuits de son premier hiver montréalais. Et contre cette obsession, le golf n'était d'aucun secours, au contraire, puisque les deux éléments étaient reliés. Denis Dupré-Dumont était un golfeur. Et Denis Dupré-Dumont était surtout, aux yeux du policier britannique, l'unique suspect d'un meurtre commis — à l'explosif ! — sur un terrain de golf. Assassin, donc, et sacrilège de surcroît ! Un être remarquable par ailleurs, un de ces suspects d'exception qu'on arrête avec un brin d'amertume en songeant que la conclusion de l'enquête marque aussi celle de nos rapports avec lui.

L'obsession de Drummond était cependant particulièrement cruelle du fait que personne ne voulait la partager. En effet, l'hypothèse de la culpabilité de Denis Dupré-Dumont avait vite été écartée, faute de faits convaincants. Pis encore, l'enquête lui avait été très vite confisquée par la Gendarmerie royale du Canada, qui croyait plutôt dur comme fer à un complot terroriste étranger visant des personnalités politiques canadiennes.

Drummond s'était opposé autant qu'il avait pu, mais en vain. « Voyons donc ! Il n'y a pas de corps policier plus professionnel que la GRC, c'est connu ! » avait tranché Paquin-Paquette, son chef. Dans la bouche de ce dernier, ce n'était pas de l'ironie. Mais Drummond restait convaincu que son flair ne le trompait jamais. Or, l'intuition qu'il avait eue dès sa première rencontre avec Denis Dupré-Dumont était des plus aiguës, sans compter que ses soupçons avaient été renforcés par la suite au cours d'une partie de golf où il avait reconnu dans le jeu maladroit de son adversaire la marque de la culpabilité. En effet, rien n'aurait pu démonter à ce point un golfeur innocent.

Drummond était conscient que, vue d'en haut, l'intuition d'un « touriste » devait tout au plus susciter un sourire. Il s'était donc résigné — après tout, il n'était pas chez lui — mais, à l'instar de Galilée devant la Sainte Inquisition, sans en démordre. Et dans le secret de ses réflexions les plus impertinentes, il allait même jusqu'à soupçonner la division antiterroriste de la police nationale de profiter de l'occasion pour justifier le renouvellement de son budget.

D'autre part, le sergent-détective Drummond appartenait à cette espèce de policier qui ne supporte pas qu'un criminel se balade en liberté. Parce que, n'est-ce pas, si la GRC avait négligé son suspect à lui, elle n'en avait pas trouvé de meilleur, malgré la mise sous surveillance de la moitié des barbus du pays ! De toute évidence, l'imminente saison de golf du pauvre enquêteur allait s'en trouver gâchée. Et cette catastrophe, contrairement à la météo, serait imputable à l'erreur humaine.

* * *

Drummond n'avait pas l'intention de subir cette fatalité sans tout tenter pour la conjurer. C'est pourquoi, bien que n'ayant aucun droit d'agir ainsi, il avait gardé son suspect à l'œil tout l'hiver en lui téléphonant à quelques reprises. Heureusement, Dupré-Dumont était un homme d'agréable commerce. Chaque appel entraînait une brève et plaisante conversation, close sur une promesse de jouer ensemble au golf dès le retour des beaux jours. Drummond prétextait parfois vouloir vérifier de nouveau un détail, et l'autre se prêtait au jeu, feignant d'ignorer qu'il aurait pu exiger qu'on le laisse tranquille. Hélas ! ces démarches ne faisaient en rien avancer le dossier. Il manquait à Drummond cet accroc dans la trame, ce bout de fil dont parlait Conan Doyle et sur lequel il aurait pu tirer patiemment jusqu'à dévoiler le cœur du mystère.

* * *

Ce matin-là, cependant, un rayon d'espoir égayait son humeur. À force d'éplucher ses carnets, il avait décelé une possibilité, mince en apparence, qu'il n'avait peut-être pas suffisamment examinée.

Ça tombait bien, car il n'avait pas de grosse affaire en cours et aurait donc tout le loisir, au cours de la matinée, de contacter l'ex-maîtresse de la victime afin de lui demander — et de ça aussi, il avait maintenant la puissante intuition — si elle n'avait pas été témoin d'un accrochage de voitures, un accrochage déterminant puisqu'il avait permis la rencontre de Dupré-Dumont et de sa victime.

Dans la perspective la plus heureuse, il pourrait même l'interroger en personne, ce qui aurait réjoui tout hétérosexuel en bonne santé, car la demoiselle — Drummond avait pu le constater dans des circonstances, hélas, indélicates — débordait de charme.

* * *

Arrivé à son bureau, il retira son chapeau et son imperméable, accrocha son parapluie et, ayant mis de l'eau à bouillir pour son thé matinal, révisa le scénario de sa démarche.

Ah, le flair ! Sans lui, les enquêtes seraient bien déprimantes... Quand on ne trouve pas le coupable, on déprime ; et quand on le trouve, on déprime souvent davantage. « Le flair, disait Drummond, est à l'enquêteur ce que l'inspiration est à l'auteur. » Oui, un enquêteur est d'abord un auteur, un artiste ! Il doit commencer par pressentir une histoire, puis se la raconter — sauf qu'il doit imaginer la bonne.

Et Drummond en avait un fameux, de flair ! Il le

cajolait. Il le traitait comme une personne, la seule de sa vie, incidemment. Et ce matin-là, alors qu'il attendait d'obtenir les coordonnées de l'ex-maîtresse de la victime, son flair, renfrogné durant tout l'hiver, débordait d'enthousiasme.

Il obtint finalement les coordonnées de la personne recherchée, mais ne lui parla jamais. Les choses prirent soudainement une tournure imprévue, et les révélations lui déboulèrent dessus comme une avalanche printanière.

* * *

La moustache frétillante, Drummond fit irruption dans le bureau de Paquin-Paquette.

— Patrick, tiens-toi bien (il s'était enfin fait à la coutume locale du tutoiement universel), j'ai trouvé la faille !

Le chef leva les yeux de son tabloïd.

— On la connaît, la faille, Desmond. C'est les Russes.

— Les Russes ?

— Oui. Les joueurs russes n'ont pas de cœur au ventre, et c'est pour ça que les Canadiens vont encore rater la coupe.

— Mais ce n'est pas de cela que je parle !

Le gros Paquin-Paquette posa son journal et soupira.

— Cher Desmond ! Je m'en doutais, sais-tu. T'as pas lâché ton golfeur, c'est ça ?

— En effet.

— Tu sais que, si tu n'étais pas un invité, je te ferais un rapport disciplinaire ?

— Merci, mais tu vas voir que j'avais raison. C'est Dupré-Dumont, l'assassin. Laisse-moi te raconter, et prépare-toi à agir au plus vite.

2

La confession

Au sergent-détective Desmond D. Drummond.

Je crains, mon cher Drummond, que la présente confession ne s'avère un peu longue. Que voulez-vous ? Peinant à contenir les débordements tentaculaires de ma mémoire, de même qu'à freiner les ardeurs de mon esprit à s'aventurer dans des digressions, j'ai lâché prise. Après tout, ces pages se veulent l'ultime étape de nos rapports et vous me pardonnerez sûrement de vous accaparer pendant quelques heures.

Si j'ai choisi de vous raconter mon histoire en long et en large, ce n'est pas uniquement pour me complaire, mais aussi pour vous témoigner mon estime et vous aider encore, au passage, à progresser sur le chemin infini de la maîtrise du français. Croyez que j'ai apprécié l'exquise civilité avec laquelle vous pratiquez votre métier, la finesse de votre entendement et cette distance amusée que vous manifestez envers les choses les plus déprimantes, ce que je soupçonne être le fondement de l'humour anglais. Si le destin nous avait placés côte à côte plutôt que face à face, j'eusse fait l'effort de gagner votre amitié. Grâce à vous, j'ai constaté, bien qu'un peu tard, que le *british gentleman* n'est pas un mythe.

En somme, mon cher Drummond, je me considère honoré d'avoir été votre premier sujet majeur d'enquête de ce côté-ci de l'Atlantique, et je vous souhaite tous les succès possibles dans la suite de ce programme d'échange. Vraiment, vous êtes un officier de police par lequel on serait ravi d'être arrêté s'il fallait en arriver là, ce qui, toutefois, ne sera pas mon cas.

* * *

Commençons par un détail à propos duquel je vous ai menti : j'étais en effet séparatiste. (Quelle drôle de sensation cela fait, que de parler de soi à l'imparfait !) Je l'étais depuis que j'avais atteint l'âge de lire les journaux, ce qui aurait fait bientôt une quarantaine d'années. Toute ma vie, j'ai suivi l'actualité avec constance, et l'histoire fut l'une de mes rares passions.

Toutefois, hormis d'éparses interventions dans les discussions de pauses-café, je n'ai jamais déployé d'efforts significatifs pour convaincre mes compatriotes d'adopter mon point de vue. Vous saurez que les chimistes répugnent à abandonner leur laboratoire et passent en général pour des solitaires. Je ne faisais pas exception à la règle. Je n'ai donc jamais été membre d'un quelconque mouvement ou parti politique. La seule manifestation à laquelle j'ai participé fut celle de la Saint-Jean de 1990, provoquée par les mésaventures de l'accord constitutionnel du lac Meech. Étant donné que ce rassemblement comptait quelque

200 000 personnes, il aurait été extraordinaire que ma présence laissât la moindre trace. Voilà pourquoi cette piste politique ne vous a mené nulle part.

Il ne faut cependant pas voir dans cette absence de militantisme le signe d'une conviction fragile. Pour moi, le Canada, né du désir de votre Angleterre de se soulager d'une colonie improductive, ne fut jamais qu'une maladroite tentative de trafiquer l'histoire au profit d'intérêts particuliers, d'abord ceux des investisseurs en chemins de fer du XIXe siècle, Écossais, souvent, et joueurs de golf, sûrement. Toute la mythologie imaginée pour faire croire à la noblesse d'un quelconque projet démocratique binational ne résiste pas à l'épreuve des faits et me causerait de l'urticaire si je n'étais d'un naturel placide. Pour moi, le «plus meilleur» pays du monde, selon les mots attribués à un ancien premier ministre impliqué bien malgré lui dans notre affaire, a toujours été le mien, le Québec. Soit, ce n'est pas vraiment un pays, et ce n'est pas son moindre défaut, mais au moins n'a-t-on pas eu besoin de lui inventer un *branding* pour qu'on s'y attache.

Je suppose que vous avez appris à voir le nationalisme d'un autre œil, et veuillez croire, mon cher Drummond, que ces considérations ne visent pas à vous indisposer.

* * *

En bref, je n'ai jamais eu le sentiment de partager une culture ou des valeurs quelconques avec mes concitoyens forcés du *Rest of Canada*. Une chose pourtant, une seule, titillait de temps à autre l'infime fibre canadienne que la propagande fédéraliste avait réussi à implanter en moi, à un âge où je n'avais pas encore découvert les joies de l'analyse. Je ne parle pas ici du hockey sur glace, un sport que je ne pratique pas et un spectacle que je ne goûte guère. Il s'agit plutôt d'une chaîne de magasins bien connue, qui a eu le bon goût relatif de ne pas traduire sa raison sociale. C'est que, en français, le «Pneu canadien», cela passerait de travers! Sans vouloir vous offenser, mon cher Drummond, j'ai parfois l'impression que la langue anglaise n'a pas le sens du ridicule...

Vous avez assurément aperçu la bannière de cette chaîne au cours de vos déplacements, sans y accorder toutefois l'attention qu'elle mérite. Comment auriez-vous pu deviner à quel point le Canadien moyen se sent la racine tout humide quand il franchit les portes de ce temple de la consommation?

On sait à quelle heure on y entre, mais jamais à quelle heure on en sortira. Sitôt l'article prétexte balancé dans le panier commence une voluptueuse dérive entre les rayons des articles de sport, des outils, des accessoires d'auto... Bref, à travers la galaxie des fantasmes non sexuels masculins. Quoique, de nos jours, les femmes y trouvent aussi leur compte, et vous verrez que cela peut avoir d'imprévisibles conséquences.

J'étais la preuve vivante du pouvoir d'attraction de ces magasins puisque, en réalité, je n'avais jamais possédé de voiture avant cette dernière année, je ne chassais ni ne pêchais, et j'habitais un condo, ce qui m'exemptait de bricolage. J'allais donc au « Pneu canadien » d'abord pour baguenauder et m'étourdir en admirant la marchandise.

J'ajouterai que, les plus minuscules quantités ayant une importance majeure aux yeux d'un chimiste, je n'étais pas insensible non plus à la monnaie factice que l'on vous remet à la caisse et que vous pouvez utiliser pour effectuer votre prochain achat au « Pneu canadien ». Posez la question autour de vous et vous constaterez que cette devise est des plus fréquentes dans les poches canadiennes. Il fut des périodes où, par dérision, on clamait même qu'elle valait presque autant que le huard. Un de mes collègues avait accumulé pour plus de deux cents dollars de ces billets. Il les avait utilisés au cours d'un voyage dans l'Ouest pour payer la mise au point de sa voiture. On n'est pas loin d'un État dans l'État !

Croyez-moi, mon cher Drummond, le Québec se séparera peut-être un jour du Canada, mais jamais du « Pneu canadien » !

Vous verrez que cette première digression ne nous éloigne pas autant qu'on pourrait le croire de notre affaire.

* * *

Il faut évidemment davantage qu'un programme de primes quelconque pour élever un commerce au rang d'institution. Il faut imprimer son image dès l'enfance dans le cerveau du futur consommateur, et rien ne saurait mieux y parvenir qu'un catalogue saisonnier expédié dans les foyers.

J'avais un oncle, Arsène, qui habitait Asbestos et gagnait sa vie dans une mine d'amiante chrysotile, la perdant du même coup, empoisonné qu'il fut par la fibre maudite. Il était marié à ma tante Rita, qui fumait avec une ardeur à laisser croire qu'elle voulait maintenir au niveau de celle de son conjoint la détérioration de ses propres poumons. Elle quitta d'ailleurs ce monde peu de temps après lui.

Le couple, qu'on sentait solidaire mais non amoureux, n'avait pas d'enfants et menait une existence étale si l'on excepte les quintes de toux qui le secouaient à tout moment avec un synchronisme déroutant. C'étaient somme toute de bonnes gens, bien qu'ennuyeux. Mais leurs qualités et défauts n'importaient mie.

Arsène et Rita vivaient au bord d'un lac, dans un chalet converti en maisonnette. Quand nous leur rendions visite en famille, nous, les enfants, aspirions à nous ébattre dans l'eau. Mais soit il ne faisait pas assez beau, soit une chaleur excessive favorisait la prolifération des coliformes, car les égouts se déversaient directement dans le modeste plan d'eau. Bref, il y avait toujours une raison valable pour nous priver du seul plaisir qui s'offrait sur place.

Il y avait bien aussi une chaloupe verchère amarrée au quai, mais nous n'avions pas le droit de la détacher et nous devions donc nous contenter de pêcher là où la profondeur de l'eau ne dépassait pas trois pieds. De toute façon, le lac s'asphyxiait, et les quelques poissons survivants n'avaient pas la gueule assez grande pour mordre aux hameçons que nous bricolions.

Confinés au plancher des vaches, nous avions vite fait d'écumer l'espace clôturé qui entourait la propriété et de provoquer l'exode des bestioles sacrificielles que réclamait l'horreur du vide propre à nos âges.

Ainsi, à peine arrivés dans cette campagne aux fausses promesses, nous nous ennuyions ferme. L'image de la télévision n'était jamais claire, sans compter que, l'été, en région, on y servait sans les apprêter les restes de la décennie. Je préférais de loin ce qui se trouvait sous le téléviseur et que, faute d'un terme plus précis, j'appellerai la bibliothèque.

Ma tante lisait des romans-photos, et mon oncle, ma foi, rien. Par contre, précieux trésor, il conservait religieusement tous les catalogues du «Pneu canadien». Grâce lui en soit rendue.

* * *

Ah ! les heures d'exquise fainéantise dévoyées dans l'exploration minutieuse des pages du fameux catalogue ! Vous jugerez peut-être que c'étaient des heures perdues. Et puis après ? Dans l'enfance, c'est un luxe abordable. D'ailleurs, ces lectures en apparence insignifiantes m'apportaient au fond tout ce que promettent les œuvres littéraires : du rêve et des connaissances, sans oublier qu'elles présentaient un reflet de la société dans laquelle elles s'inscrivaient.

Des exemples de connaissances ?

Les outils, les haches, tenez ! Si vous croyez, mon cher Drummond, que tout Québécois naît avec cet instrument dans les mains, détrompez-vous. Petit urbain que j'étais, où donc aurais-je appris qu'il en existe tant de modèles, destinés à autant de tâches différentes ?

Et comment passer sous silence les dizaines de pages consacrées à l'automobile ? On pouvait même acheter un moteur entier ! Je ne vois guère ce que j'en aurais fait, mais j'en désirais un quand même. Ces pages valaient un véritable manuel d'initiation à la mécanique, et il faut ici rendre à nouveau grâce à mon oncle Arsène, incollable en cette matière et qui répondait patiemment à toutes mes questions.

Des exemples de rêve ?

J'étais friand des émissions de cow-boys, qui pullulaient à la télé dans ces années-là. Les exploits des Roy Rogers, Lone Ranger, Wild Bill Hickok et tant d'autres ne vous sont sûrement pas inconnus... Or, le «Pneu canadien» vendait des armes à feu, parmi lesquelles une Winchester, réplique du célèbre modèle 1873 qui fut l'instrument de la mort de tant de valeureux et malheureux Indiens. À ce stade de mon développement, j'étais convaincu que je vivrais ma vie en pleine nature. Je m'imaginais parcourant mon domaine sauvage à cheval, la Winchester au côté, prêt à abattre les animaux indésirables et peut-être aussi les maraudeurs.

L'idée que je deviendrais chimiste ne m'effleurait pas l'esprit, encore moins celle que je finirais mes jours sur un terrain de golf.

Pourtant, la science m'attirait déjà, sauf que je ne m'en suis rendu compte que beaucoup plus tard, probablement parce que les produits chimiques étaient absents du catalogue du « Pneu canadien ». Rien n'est parfait.

Passons aux articles de sport. Les raquettes, les battes, les patins, les gants de hockey... J'ai dit plus haut que le hockey ne m'intéressait pas et je le confirme, sauf qu'il était interdit à un garçon de cette époque de ne pas ambitionner de devenir un nouveau Jean Béliveau. Alors, je sélectionnais les meilleurs équipements et je me jouais mentalement le reportage de mon entrée sur la patinoire, haut et large comme une tour, prêt à fracasser l'adversaire et à monter à l'emporte-pièce vers un cerbère terrifié.

Avec un moindre enthousiasme, je m'imaginais de la même manière champion de baseball, ou de football, ou de tennis, au gré des illustrations, sauf (et c'est ici que je rattrape mon propos), sauf, dis-je, dans le cas d'un jeu qui, à mes yeux, ne mérite d'ailleurs pas le titre de sport : le golf.

Rien à faire. Dès que je tombais sur les images de bâtons, de sacs, de balles et de tés, mon imagination, pourtant si prompte à s'enflammer, s'éteignait comme un téléviseur privé de courant. J'avais beau m'évertuer à la rallumer, me concentrer pour entrer dans la peau d'un golfeur, je n'arrivais à rêver de rien. Le mouvement, l'effort, l'affrontement, l'éclat, voilà ce que je ne trouvais pas dans ce jeu, où il faut une demi-douzaine de mailloches différentes pour tabasser une misérable boulette gisant sur du gazon aseptisé.

J'y voyais une certaine forme de lâcheté. Même les animaux les plus féroces cessent le combat quand l'adversaire est à terre. Le golf est aux sports de balle ce que le massacre des blanchons au gourdin est à la chasse, encore que cette dernière activité exige infiniment plus d'énergie et qu'elle ne soit pas dépourvue de péril, surtout quand un Beatles intoxiqué débarque sur votre banquise à la tête d'une bande d'hystériques. (Intoxiqué de propagande, s'entend.)

Je sautais illico aux pages des jouets.

Je détestais déjà le golf.

* * *

Cette révélation vous étonne, n'est-ce pas, mon cher Drummond ? Après tout, c'est sur un terrain de golf que nous nous sommes rencontrés la première fois, il y a quelque huit mois de cela. Je sais que, par le pouvoir de votre flair, vous m'avez tout de suite soupçonné. Pourtant, ni à ce moment ni plus tard vous ne vous êtes douté un seul instant que je pratiquais le golf pour une autre raison qu'une passion analogue à celle qu'il vous inspire. C'est normal : vous êtes originaire du pays coupable, sinon de la naissance, du moins de la croissance de ce maudit jeu.

Ne serait-ce d'ailleurs pas pour naturaliser le golf que la perfide Albion a fini par intégrer l'Écosse ?

Déjà en 1567, lors du procès de Marie Stuart, qui insistait un peu trop pour devenir la reine de vos ancêtres, on reprocha à l'inculpée de s'être amusée à taquiner la boulette alors que le deuil de son mari assassiné était tout frais. Elle en perdit la couronne tant convoitée, ainsi que la tête pour l'y poser. Quand on y songe, la différence entre la décapitation à la hache et un coup de golf n'est guère qu'une question d'angle !

À voir comment s'habillaient les nobles de ce temps, notez, on comprend que le golf ait été leur activité physique préférée : ils devaient transpirer rien qu'à lever le petit doigt.

Mais cessons de casser du sucre sur le dos des Anglais, mon cher Drummond : c'est le travers de toutes les nations dominantes — ou qui le furent — de tenir pour acquis que ce qu'elles touchent de leurs doigts bénis s'élève au rang de valeur universelle.

* * *

Mon père disait toujours qu'il ne fallait pas juger des choses avant de les avoir essayées. C'est en vertu de ce sage principe — auquel il apporta quelques nuances le jour où il me surprit à expérimenter sur ma personne les effets de la marijuana — que je fus un jour conscrit pour parcourir les neuf trous du terrain de golf local. L'événement se produisit lors du séjour chez nous d'un cousin « des États ».

Ce cousin, que j'appellerai simplement Cousin, était bien de sa personne, habile de ses mains, agile de ses membres, vigoureux de partout, dynamique, sociable, jovial, n'était accablé ni de boutons ni de pellicules, et m'était résolument antipathique. C'est sans doute que, à maints égards, j'étais son contraire, et que, sans l'exprimer ouvertement, on aurait souhaité que je lui ressemblasse.

Cousin avait beau porter un patronyme québécois, c'était en tous points un véritable Américain qu'on eût cru tout droit sorti d'un *comics* d'*Archie*. C'est dire qu'il prenait beaucoup de place, trop, et cela accentuait mon exaspération.

Il n'était pas huit heures que Cousin tonitruait déjà dans toute la maison, car il avait une opinion sur tout et se croyait tenu de commenter les nouvelles qu'il entendait à la radio. Entendu que nous n'écoutions que des chaînes francophones, il comprenait tout de travers.

Il faisait ensuite irruption dans ma chambre tel un marine en mission. Je ne goûtais pas le moins du monde ces réveils brutaux, moi qui avais déjà l'habitude de lire secrètement la nuit. Qui plus est, si ma mémoire est bonne, je dévorais à ce moment précis *L'amant de Lady Chatterley*. Hé ! J'avais découvert de nouveaux rêves qui me distançaient, le cœur battant et le souffle court, des catalogues du « Pneu canadien ».

— Est-ce que toi jouir la golf ? me demanda Cousin un de ces matins, avant même que je n'aie eu le loisir de me décoller les paupières.

Cette annonce travestie en question me massacra le moral.

— Non, pas jouir la golf... marmonnai-je, conscient de l'inutilité d'une réponse dont il ne tiendrait aucun compte.

Je l'ai dit, j'étais conscrit. Il n'y avait pas moyen de m'échapper sans provoquer une crise familiale qui se fût poursuivie bien au-delà de la quinzaine que devait durer le séjour du drôle.

* * *

Il faisait chaud. Le soleil tapait. Je n'aimais pas le soleil tapant. Je n'aimais que l'ombre. Je suppose qu'en tant que Britannique, vous me comprendrez en cela mieux que quiconque, mon cher Drummond. Au fait, faut-il s'étonner que le golf soit né dans une île au climat si morose ? C'est, avec le yoyo et quelques autres divertissements moins répandus, une des rares activités qui puissent se pratiquer sous un parapluie.

Quoi qu'il en soit, au golf, si vous expédiez votre balle dans un coin ombragé, c'est généralement que vous avez raté votre coup. Je ratais tous les miens, mais j'étais à ce point malhabile que je les ratais mal : ma balle demeurait au soleil, et il m'en cuisait.

Au second départ, j'en avais plus qu'assez. Je mijotais, je grésillais, je fondais. Je jalousais l'herbe étendue en bordure, abreuvée par un arrosoir provocateur, dans l'oscillation duquel naissaient des mirages de sucettes glacées. Ma vision se troublait. Il ne manquait plus qu'un bon mal de tête pour élever mon supplice à son pinacle. Cousin allait se charger de combler cette lacune.

Je ne m'étais même pas approché du premier vert, Cousin s'étant lassé de céder le passage et m'ayant proposé de cesser de jouer dès que le groupe suivant se pointerait. Je ne me sentais pas du tout frustré, je m'en contrefichais ; le plus vite ça finirait, le mieux je me porterais. Je détestais le golf.

Cousin ne comprenait rien. Il attribua mon air mortifié à mon incapacité de projeter dans la direction voulue cette sphère de 4,2 centimètres de diamètre qui ne m'avait rien fait. Magnanime, avec une conviction digne d'un général apportant la démocratie aux peuplades du Moyen-Orient, il résolut de m'extirper de ma misère en m'enseignant la bonne technique.

La perpendiculaire, la flexion des genoux, la rotation des mains, le passage de la hanche... Au besoin, histoire de rectifier ma posture, il se plaçait derrière moi comme s'il aspirait à me sodomiser. Et toujours : « Régarde le bâle ! Régarde le bâle ! » Je vous rappelle que la différence entre la parole et le cri échappait à son entendement.

Au troisième départ, j'aurais juré que mon crâne était accroché dans le clocher d'une cathédrale à l'heure de l'angélus. Cousin multiplie ses recommandations, mais il y mettrait des heures que le résultat ne serait pas meilleur. Je suis dans un état impropre à toute espèce d'apprentissage.

Quatrième trou : la moelle de mes os commence à se liquéfier, mon cerveau est saturé d'une sourde douleur qui déferle en cascade d'une vertèbre à l'autre. Cousin ne capitule pas ; cette fois, ma balle est parvenue à un mètre du vert, une performance pourtant exclusivement attribuable à la loi de la moyenne.

Cinquième trou : j'ai un sursaut d'énergie alimenté par l'instinct de survie. On veut que je frappe : je frapperai. J'avalerai les trous restants sans perdre une seconde. Je saisis le bâton, je plante le té, pose dessus la balle et, sans m'attarder à placer mes pieds, sans regarder la balle — ce n'est pas à elle que j'en veux —, je m'élance dans une décharge d'impatience et de colère.

À cet instant, je me suis vu clouer le bec à Cousin, cogner la balle avec tant d'aplomb qu'elle s'envolait tel un obus jusqu'au vert, jusqu'au fanion et, pourquoi pas, jusque dans la coupe !

La réalité fut au-delà de mes espérances, mais fort différente de ce que j'avais visualisé. Cousin s'était approché de moi par derrière pour m'assommer encore de son expertise à l'instant même où mon bâton, qui venait de fendre l'air, s'échappait de mes mains baignées de sueur. Il aurait pu se rendre loin, si sa course n'avait trouvé une fin prématurée sur l'occiput de Cousin.

* * *

Les suites immédiates de ma poussée d'adrénaline furent somme toute réjouissantes. La partie de golf interrompue ne serait jamais reprise, et l'ambulance était climatisée.

* * *

Il paraît que la boîte crânienne de Cousin n'a jamais retrouvé sa forme originale. C'est du reste la seule séquelle qu'il ait gardée de l'incident. Aux dernières nouvelles, il était toujours aussi bête et continuait de frapper des balles dans son Massachusetts natal. S'il joue mal, il a une excuse peu banale : une vieille blessure de golf.

* * *

Ma détestation du golf reposait dorénavant sur une assise inébranlable.

Quelques années plus tard, j'eus pourtant une assez belle occasion de pardonner à ce jeu d'exister. J'achevais mon cours secondaire. Le professeur d'éducation physique, constatant que ses pioupious traînaient de plus en plus les pieds, conscients que les jeux étaient faits concernant leur admission au cégep, renonça à les faire suer — au sens littéral — et choisit de consacrer les derniers cours de l'année à leur enseigner les rudiments du jeu maudit. Horreur !

Je fus cependant rassuré en apprenant que, pour des raisons budgétaires évidentes, il était hors de question que nous mettions les pieds sur un parcours.

Il nous aligna donc sur la pelouse approximative de la cour d'école, en trois rangs, car il n'y avait de bâtons et de balles que pour un tiers de la classe. Après une savante démonstration dont je n'avais pas retenu le premier mot, il nous enjoignit de nous exécuter à tour de rôle.

Je n'allais pas rouspéter devant ce qui s'annonçait une heure de détente, d'autant plus que le soleil modérait ses ardeurs et que j'escomptais mettre les temps d'arrêt à profit pour faire un brin de causette à Charlotte Chalifoux-Chouinard.

Toutes les cinq ou dix minutes, elle et moi prenions place côte à côte sur la ligne et, au signal, nous interrompions un instant notre conversation pour frapper mollement nos balles, que nous ne voulions pas aller rechercher trop loin. Cela fait, nous passions au plus vite nos instruments aux suivants, et nous retournions nous asseoir à l'ombre.

* * *

Pauvre Charlotte Chalifoux-Chouinard ! Déjà son nom lui avait valu moult moqueries. Soit, ses parents ne pouvaient deviner, au moment de la baptiser ainsi, qu'elle serait affligée d'un léger zézaiement qui la porterait à donner sa langue au « ça » plutôt qu'au chat, ni qu'elle serait dépourvue de ces atouts qui font oublier aux garçons toutes les petites imperfections dont une jeune fille peut par ailleurs souffrir, mais, tout de même, ils auraient pu la prénommer Lyne, par exemple, et lui laisser une chance de grandir en paix. Il y a des parents bien légers.

Charlotte n'était pourtant pas laide, je vous l'assure, mon cher Drummond. Non conforme, admettons. Elle avait le nez comme un gouvernail — moi aussi, je sais —, une ossature plus large que longue, un bedon un rien trop apparent, mais pour peu que l'on ne fût pas obnubilé par les diktats de la mode, on lui trouvait une apparence saine, avec un sourire charnu et engageant, et on ne pouvait que se laisser charmer par son regard lucide, qui devenait espiègle quand elle retirait ses lunettes en fonds de bouteilles.

Elle avait le cheveu clair et d'une incroyable finesse, de même que le teint pâle. Comme moi, donc, elle redoutait le grand soleil.

Elle ne se faisait pas la moindre illusion sur sa beauté, et aurait été franchement choquée qu'on lui adresse de fausses louanges. Cultivant l'autodérision, elle disait d'ailleurs que le jour où, bossant sur le concept de jolie femme, Dieu avait abouti à la version Charlotte Chalifoux-Chouinard, il avait dû observer silencieusement son œuvre avant de s'exclamer : « On y est presque ! » C'était une femme exceptionnelle.

À bien y penser, les deux femmes de ma vie sont, de manières différentes, exceptionnelles... De quoi me plaindrais-je ?

Enfin, je ne vous cacherai pas que Charlotte avançait une poitrine qui aurait suffi à en façonner deux tout à fait convenables, s'il avait été possible de la partager.

On dit souvent que trop ne vaut guère mieux que pas assez, mais cette poitrine, qui distendait son t-shirt blanc mal ajusté aux derniers développements de son corps, produisait sur moi les effets qu'on imagine.

Et, ce n'était pas un détail, Charlotte Chalifoux-Chouinard sentait bon.

Tout cela fit qu'il devint vite gênant de me lever pour aller frapper mon coup et, comme elle n'y tenait guère non plus, nous commençâmes discrètement à sauter notre tour. Le prof, occupé à en reluquer de plus jolies derrière ses lunettes de soleil, ne se rendit compte de rien, et nous pûmes poursuivre notre conversation sans interruptions. (Une chose dont j'étais particulièrement fier dans ma jeunesse était ma capacité peu commune à discuter de sujets complexes tout en soutenant une inflexible érection.)

À la suite de cette heure d'«éducation physique», Charlotte Chalifoux-Chouinard devint «ma blonde», selon l'expression bien connue, et mes érections trouvèrent, je ne dirai pas «chaussure à leur pied», par respect, mais certainement un débouché à la hauteur de leurs aspirations.

Ce dénouement était écrit dans le ciel. Charlotte Chalifoux-Chouinard était la seule élève de l'école qui me surpassait dans les matières scientifiques, et cela nous avait d'ores et déjà rapprochés. Elle était cependant davantage portée sur la physique, qu'elle voyait comme une science ouverte sur l'infini, que sur la chimie, qui, selon moi, pénétrait dans l'intimité du concret. Oui, c'était là le genre de discussions que nous avions; vous vous doutez qu'elles n'intéressaient que nous.

Dans un autre ordre d'idées, la très cérébrale Charlotte, que les polissons appelaient «Sarlotte», cachait une joyeuse cochonne, si vous me pardonnez cette crudité. Et moi, l'ayant découvert, je devins aussitôt son joyeux complice porcin. Ah, il va de soi qu'un couple de «bolés» dans notre genre suscitait maints sarcasmes, mais je ne souhaitais qu'une chose aux railleurs impénitents, c'était de connaître, une nuit seulement, la moitié des extases que Charlotte et moi nous sommes mutuellement procurées.

Ce qu'elle était bonne ! Et, en toute modestie, je jurerais qu'elle en dirait autant de moi. Nous faisions l'amour avec la fulgurance des gens sérieux qui ont, dans leur existence, d'autres préoccupations que le sexe. Nous épuisions jusqu'à la dernière goutte les flux de désir qui secouaient nos jeunes corps, puis nous retournions à nos études, l'esprit lessivé de toute nuisance charnelle.

Mon cher Drummond, certaines personnes pourraient penser que nous étions un couple atypique. Je ne le crois pas. On suppose trop facilement que les sportifs bambocheurs forment avec les filles spectaculaires et extroverties les couples les plus performants au lit, et que la vigueur sexuelle est inversement proportionnelle à l'importance que prend l'intellect dans un couple. Je crains qu'une étude bien menée ne révèle le contraire.

Chez les individus tels que Charlotte et moi, plutôt que de se gaspiller en vains babillages, poursuites et agitations sudatoires, le besoin d'accomplissement physique et l'éros s'entremêlent, se concentrent et s'accumulent jusqu'au point de rupture, pour jaillir en un seul et formidable déversement.

Je vous entends ergoter qu'un phénomène analogue s'observe au golf, où toute l'énergie explose à l'instant précis de l'élan libérateur. Eh bien non ! Rien à voir ! Ou si peu. Une balle de golf est un objet inanimé, une femme, certainement pas — bien qu'à cet égard l'on colporte sur les Anglaises des clichés fort désobligeants. Dans l'acte d'amour, l'énergie de l'un est multipliée par l'énergie de l'autre, et le plaisir qui naît n'est la propriété d'aucun des deux mais de l'ensemble créé ; de la même manière qu'en chimie, lorsqu'on assemble des éléments, on obtient un composé dont le comportement diffère en tout de celui de chacun des éléments de départ.

Le golf est au sport ce que la masturbation est à l'érotisme.

* * *

Grâce à son bel équilibre, notre relation traversa sans encombre nos années de cégep et d'université. Nous étudiâmes à Montréal, puis à la New York University, où nous devînmes docteurs simultanément, lors d'une grandiose cérémonie tenue à Washington Square. Si, pour compléter le dossier, vous faisiez une perquisition à mon domicile, vous pourriez contempler la photo où nous nous serrons l'un contre l'autre, dans le froufrou de nos toges mauves, la houppe de mon mortier frôlant le sien comme pour illustrer le lien entre nos esprits. Sur cette photo, toute la beauté intérieure de Charlotte est révélée. Elle y est magnifique, la joie personnifiée. Je n'y suis pas si mal non plus — nous étions tellement fiers ! —, mais votre regard se poserait d'abord sur elle et, séduit, vous ne décèleriez aucune des ingratitudes de son physique, si je ne venais de vous en parler. Moi, j'ai eu le bonheur de ne jamais la voir autrement.

J'ai beaucoup regardé cette photo depuis que j'ai pris ma décision et que j'ai commencé à rédiger cette confession. Je ne sais pas ce qui m'a amené de ce moment parfait à l'extrémité sordide à laquelle je suis réduit.

Enfin si, je le sais...

* * *

Après l'université, nous avons décroché des emplois lucratifs à Montréal et nous avons remboursé au plus tôt nos dettes d'études.

Nous ne nous sommes jamais mariés et, à vrai dire, nous n'avons jamais vraiment rompu non plus.

Au bout de deux années de cette vie parfaite, Charlotte eut l'occasion de se joindre à l'équipe du CERN, le plus grand laboratoire de physique des particules au monde, la consécration, quoi. Elle se trouve encore à Genève, occupée à traquer ses quarks et ses bosons et, parallèlement, à bichonner son bébé.

J'aurais pu la suivre. Des démarches en ce sens m'avaient valu une offre grassouillette de la part d'une multinationale spécialisée dans les herbicides et les pesticides. Or, en ce temps-là, Charlotte Chalifoux-Chouinard et moi avions une conscience — sans doute a-t-elle préservé la sienne —, et ce n'est certes pas dans l'agriculture que la chimie trouve les meilleurs motifs de s'enorgueillir. Je ne saurais garantir que la planète se remettra un jour des produits qu'on lui a administrés sauvagement, prétendument pour mieux la nourrir. J'aurais pu m'investir de la mission d'en diminuer les effets dévastateurs, mais on ne fait pas ce qu'on veut dans ces entreprises qui priorisent l'engraissement de leurs actionnaires. Une fois dans l'antre de la bête, on est vite corrompu.

Charlotte partageait mes scrupules. Ce fut elle, d'ailleurs, qui énonça l'argument déterminant qui me retint d'accepter ce poste : j'allais contribuer, que je le veuille ou non, à l'amélioration des terrains de golf. Elle méprisait ce jeu autant que moi. Mieux que moi, ajouterais-je.

Dans nos milieux de travail respectifs, nous ne manquions pas d'occasions de nous y adonner ; mais nous déclinions toutes les invitations au profit de longues randonnées dans des sentiers où la nature était encore en mesure de nous surprendre. Parfois, Charlotte s'arrêtait pour frapper un caillou avec son bâton de marche, et j'en faisais autant. « Voilà ! On pourra se vanter d'avoir joué au golf dans les Appalaches ! »

Elle s'attristait sincèrement du fait que ces golfeurs, qui prétendent goûter les joies de la nature, prennent un soin maniaque à éliminer de leur chemin tout ce qui pourrait s'y trouver naturellement. « Le parcours de golf est à la flore ce que le caniche est à la faune. »

Charlotte n'avait rien d'une militante exaltée. Elle ne provoquait pas les débats. Si vous la rencontrez un jour, mon cher Drummond, et que vous abordez le sujet, elle vous communiquera son indignation sans la moindre agressivité, avec le sourire et en usant de formules amusantes, analogues à celle qui clôt le paragraphe précédent. Elle fera sans doute valoir à quel point il est ignoble que, sur une planète où la famine sévit sans discontinuer, on n'éprouve aucune honte à sacrifier de vastes terres arables au culte de la petite balle. Quand nous voyagions en avion, elle me montrait, à l'approche des villes nord-américaines, comment le mal du golf se répandait telle une lèpre verte. On ne comptait plus ces taches ignominieuses qui parsemaient le territoire. Elle y voyait des oasis subtilisées aux déserts qui en auraient tant eu besoin.

On parle beaucoup de l'essor économique de la Chine, n'est-ce pas ? Avec raison, on appréhende ce qu'il adviendra de notre monde lorsque le rapport entre le nombre de personnes et le nombre de voitures deviendra là-bas le même qu'ici. Ce sera l'étouffement garanti. Imaginez maintenant que les Chinois décident d'utiliser leurs automobiles pour s'en aller jouer au golf, toujours dans les mêmes proportions que nous le faisons. Les effets dévastateurs qui découleraient d'un tel phénomène échappent à toute projection mathématique. Souhaitons qu'ils en restent au tai-chi. Et voilà l'Occident dans toute son arrogance, demandant aux autres de se priver des privilèges qu'il s'accorde lui-même sans vergogne et qu'il entend conserver.

On oublie souvent à quel point le golf est tributaire de la voiture. D'ailleurs, je me passais très bien d'automobile jusqu'à ce que je m'y mette. Avant, j'utilisais les transports en commun, et je ne me souviens pas avoir vu un seul quidam grimper, le sac de golf au dos, dans un autobus.

Je conçois qu'il faille consacrer des espaces à la

pratique de l'exercice physique. Je ne joue pas au foot, mais ceux qui le désirent, en particulier les jeunes, doivent pouvoir le faire. Sauf qu'un terrain de foot de pleine grandeur mesure un peu plus d'un hectare. Le rapport est d'environ 0,06 hectare par tête sportive. Les terrains de golf n'ont pas de dimensions préétablies, mais parler d'une moyenne de 100 hectares, ou de 1 km^2, me semble honnête. Cela donne environ, dans des conditions maximales d'utilisation, 1,4 hectare par utilisateur, soit 23 fois plus qu'au foot.

Or le Fonds mondial pour la nature (WWF) soutient que le rendement moyen de la planète permet une consommation de ressources vivantes de 2,2 hectares par personne. Donc, rien que pour son loisir, un golfeur accapare au bas mot plus de la moitié de ce qu'il faut à un être humain pour survivre.

Je vous défie de trouver plus égoïste utilisation d'un espace aménagé.

* * *

Ainsi, je n'ai pas suivi Charlotte Chalifoux-Chouinard en Suisse. Nous nous sommes quittés en nous gavant de promesses que, pour la plupart, nous avons fini par oublier. Pendant plusieurs mois, j'ai cherché un autre poste qui m'aurait rapproché d'elle. J'en ai trouvé un à Bruxelles, un autre à Paris — tous trop loin de Genève. Et puis, dans la compagnie pharmaceutique où j'œuvre toujours, on commença à me confier des projets intéressants. Vous direz que ces compagnies sont, elles aussi, loin d'être à l'abri de tout blâme quant à leur moralité. C'est juste, mais le soulagement et la guérison des malades demeure un but en soi louable.

Je ne regrette rien. Au fond, j'étais casanier. J'aimais mes petites affaires, mon petit Montréal, mon petit pays.

Évidemment, j'ai revu Charlotte. Nous avons passé ensemble nos vacances suivantes, en France. Délicieux souvenirs. Pourtant, quand nous nous étions retrouvés à l'aéroport, nous avions ressenti une sorte de gêne, une distance. Nous avions passé outre, refusant d'en chercher la signification, de crainte de la trouver. Quelque chose s'était rompu, défait, sans que nous l'ayons voulu. La gêne fut plus marquante quand Charlotte me visita pour le temps des fêtes. Nous nous sommes à peine touchés.

Je ne crois pas qu'elle ait ressenti de peine, moi non, du moins jusqu'à récemment.

J'en étais venu à penser que les scientifiques de vocation sont immunisés contre les flèches de Cupidon. À force de décortiquer le mécanisme de toute chose, ils perdent la faculté d'abandon. Si j'avais aimé Charlotte Chalifoux-Chouinard, je serais parti avec elle, quitte à balayer les planchers du CERN en attendant de trouver mieux. Quant à elle, si elle avait vraiment été amoureuse de moi, elle se serait acharnée à trouver une solution. Il planait au-dessus de nous cette idée, non admise parce qu'inadmissible, qu'une relation intime entre deux êtres humains, fût-ce nousmêmes, était si peu de chose en regard de notre champ d'étude, l'Univers, que ce n'était pas cela qui devait dicter nos vies. Dans l'interaction des forces cosmiques, de l'infiniment petit à l'infiniment grand, les chercheurs observent tant d'associations qui se font et se défont, de liens qui se forment et se rompent, avec parfois des conséquences colossales, qu'il leur est difficile de s'émouvoir. Que nous arrivait-il sinon ce qui arrive à toute chose, partout, tout le temps, depuis toujours ?

Notre amour n'avait été qu'un assemblage momentané d'intérêts communs, d'admiration mutuelle et de complicité, catalysé par le sexe.

J'avoue que c'était la perspective d'être privé de cet érotisme flamboyant qui me préoccupait le plus à l'heure de la séparation. La richesse de l'esprit de Charlotte, je savais que j'allais continuer d'en jouir. Nous nous sommes en effet écrit abondamment dans les premiers temps ; puis, nos échanges se sont peu à peu espacés, mais sans jamais cesser. Je lui ai envoyé un dernier mot juste avant d'entamer ma confession, et quand elle apprendra la suite des événements, elle comprendra que c'était un message d'adieu. Veuillez croire que, même à l'époque où nous nous considérions encore destinés à être éventuellement réunis, nos échanges ne ressemblaient en rien aux tendres déclarations dont les amoureux classiques s'aspergent. Nous y poursuivions simplement notre conversation, sur les thèmes abordés par un bel après-midi si lointain, dans une cour d'école.

* * *

Mais le sexe ? Étrangement, je n'ai aucunement souffert du sevrage. Cette activité, à la fin, nous occupait au plus trois heures par semaine, heures que je n'eus aucune difficulté à meubler autrement. C'était comme si toute l'énergie sexuelle dont je disposais avait été consommée par Charlotte Chalifoux-Chouinard. Si j'avais continué à lui faire l'amour, c'était parce que je puisais dans ses propres réserves de désir, dont je doute qu'elles aient été épuisées à ce jour. L'insatiabilité de sa libido était peut-être liée au fait qu'elle désirait se reproduire. Elle n'en faisait pas mystère avec moi, que l'aventure tentait beaucoup moins. Je me réjouis qu'elle ait rencontré là-bas un homme apparemment convenable, prêt à l'engrosser et à assumer le rôle de père.

De mon côté, j'avais tenu pour acquis, sans émotion, que ma vie sexuelle avait connu son terme. Je me trompais lourdement là-dessus.

* * *

Au-delà de tout, ce qui me manque le plus cruellement à cette heure fatale, c'est l'épaule de Charlotte.

* * *

Les années passèrent, habitées par les passions tranquilles dont j'ai déjà parlé. Étais-je heureux ? En tout cas, à aucun moment, je vous l'assure, je n'ai ressenti le besoin de changer quoi que ce soit à ma vie. Le chiffre quatre prit la place des dizaines dans l'expression mathématique de mon âge. Je ne donnais aucun sens à ce décompte, je prenais acte d'une direction, sans plus. Je considérais avoir atteint un état immuable. Je me croyais arrivé, sur le plan personnel, à cette fin de l'histoire qu'ont annoncée quelques philosophes entre la démolition du mur de Berlin et la destruction du World Trade Center. J'aurais dû me méfier. Qui mieux que moi connaissait le potentiel perturbateur des molécules errantes ?

* * *

Bien que vous soyez anglophone, vous avez sûrement entendu parler de Marcel Proust, le grand romancier français obsédé par l'exhumation de ses souvenirs d'enfance. Moi, je n'en connaissais que ce que j'en avais lu dans le cours de littérature de notre programme d'études collégiales, et n'en avais retenu que la fameuse anecdote qui suit.

Un jour, on sert à Marcel une tasse de thé avec une madeleine, un petit gâteau qui, à mon goût, n'a guère d'autre charme que son nom. Notre écrivain mouille un morceau de ce gâteau dans une cuiller remplie de thé et porte la chose à sa bouche. Paf ! Le voilà tout à l'envers ! Le plaisir qu'il prend à goûter le mélange est tel qu'il ne peut l'expliquer autrement que par une réminiscence. Il se lance illico dans une laborieuse introspection et finit par débusquer un souvenir de son enfance plutôt ouatée : celui d'une tante qui lui donnait ainsi la becquée quand, le dimanche matin, il montait dans sa chambre pour lui dire bonjour.

Si j'ai noté ce morceau de littérature de manière à pouvoir vous en restituer la conclusion ici, c'est parce que je croyais y avoir trouvé une analogie avec l'intuition du chercheur.

« Mais, quand d'un passé ancien rien ne subsiste, après la mort des êtres, après la destruction des choses, seules, plus frêles mais plus vivaces, plus immatérielles, plus persistantes, plus fidèles, l'odeur et la saveur restent encore longtemps, comme des âmes, à se rappeler, à attendre, à espérer, sur la ruine de tout le reste, à porter sans fléchir, sur leur gouttelette presque impalpable, l'édifice immense du souvenir. »

Quand, dans mon travail, malgré tout l'arsenal d'appareils et de données dont je disposais, j'aboutissais dans une impasse, quand je craignais d'avoir poursuivi une chimère, quand j'étais sur le point d'abandonner, je me relisais la phrase de Proust. Avant la technique, c'est souvent une intuition confuse, une « gouttelette presque impalpable », qui m'avait mis sur la piste d'une découverte. Je ne prétendais pas au génie ; je n'ai jamais aspiré à figurer sur la liste des nobélisables : j'étais un tâcheron. Pourtant, bien qu'on ne le réalise pas vraiment, hors du milieu scientifique, les grandes découvertes sont souvent le sommet d'une pyramide de nombreuses autres découvertes en apparence anodines, fruits de milliers d'impalpables gouttelettes d'intuition.

Il n'y aurait pas de grands savants sans les petits.

* * *

Ce fut justement une gouttelette impalpable, de parfum celle-là, qui vint chambouler ma vie.

* * *

Pour un chimiste, le nez revêt une grande importance. Le mien, dont les dimensions excédaient la moyenne, était peut-être trop sensible. De manière générale, les parfums artificiels m'indisposaient. Je m'éloignais des personnes qui en font un usage immodéré, dans l'intention probable de coloniser l'odeur des autres, à moins que ce ne soit pour se dissimuler ou encore par «biophobie», néologisme par lequel j'entends «la peur du vivant». Pour ma part, je préférais encore l'odeur de la sueur; au moins, on sait à quoi on a affaire.

L'odorat est le plus mystérieux, le plus complexe et le plus sournois des cinq sens. Notre connaissance de son fonctionnement comporte encore trop de suppositions, et même si je vous disais que c'est dans la géométrie des molécules que les cellules olfactives perçoivent des différences entre les odeurs, cela ne vous éclairerait pas beaucoup. Surtout, l'odorat est le sens sur lequel nous avons le moins de contrôle.

Quoi qu'il en soit, dans ma profession, une odeur signale souvent un danger et, au fond, si je détestais tant les parfums artificiels, c'est que je ménageais mes outils. J'avais horreur de cette manie qu'on a de tricher avec les odeurs. Croiriez-vous que j'ai découvert que certains clubs de golf aromatisent l'eau d'arrosage? Non?

Vous avez raison, je n'ai pas découvert cela. Mais cela ne m'aurait pas étonné !

* * *

Maintenant, mon cher Drummond, nous arrivons précisément au point de départ de notre affaire. Où s'est-elle enclenchée, pensez-vous ? Dans une succursale du « Pneu canadien », bien sûr, au rayon des chaussures.

De ma vie avec Charlotte, j'avais conservé le goût des randonnées pédestres. En plus du mont Royal, sur le flanc duquel j'avais emménagé, je fréquentais les collines montérégiennes, Saint-Bruno, Saint-Hilaire, Oka, ce qui m'obligeait à renouveler mes brodequins chaque printemps. Quelle belle occasion de faire un petit Marcel de moi-même et de flirter, au « Pneu canadien », avec mes délectations enfantines !

J'auscultais donc une semelle qui me semblait convenable lorsque quelque chose détourna mon attention. Une odeur ! Traversant le mélange de cuir, de caoutchouc et de vinyle émanant de la marchandise que j'avais devant moi, l'avant-garde d'un commando de molécules incongrues s'était immiscée dans mon nez et s'était dissoute dans le mucus de mes cellules réceptrices. Mon cerveau avait réagi en ordonnant la libération d'une dose d'endorphines, induisant ainsi un état d'euphorie.

J'aurais dû être agacé par ce viol — bénin, il est vrai — de mes narines.

Je fus plutôt incapable de me concentrer à nouveau sur le brodequin et le reposai sur sa tablette.

Je me retournai. Divers accessoires de camping dormaient au-dessus de leurs étiquettes de prix. L'odeur mystérieuse faillit m'échapper. Je reculai, fermai les yeux et respirai très lentement. Elle revint, un peu plus précise, et la sensation de contentement m'envahit au détriment de mon magasinage.

C'était une fragrance florale, mais avec quelque chose en plus, ou en moins, je n'aurais su dire, quelque chose d'organique, de charnel. Un parfum de femme, synthétique, oui, mais parfaitement et subtilement intégré. C'était un parfum qui ne sentait plus le parfum !

J'entrepris de remonter l'allée en fouillant mes souvenirs. Je connaissais ce parfum. Où et quand m'en étais-je déjà délecté ? Je n'en avais aucune idée. Cela ne remontait certes pas à mon enfance. Contrairement à celle de Marcel, mes vieilles tantes à moi puaient les produits bon marché et je dédaignais l'hospitalité de leurs genoux, à moins d'une compensation en espèces sonnantes et trébuchantes.

Je me dirigeai instinctivement vers le rayon des articles de cuisine, un réflexe un tantinet sexiste, mais je n'avais plus toute ma tête. L'odeur refusa de m'y suivre. Ce n'est qu'en rebroussant chemin *in extremis* que je remis le nez dessus.

Je m'arrêtai à l'intersection de l'allée centrale et de la section des chaussures de plein air. Je devais passer pour un hurluberlu, planté là comme un marin sur un quai, humant un vent inexistant. Qu'importe, plus rien ne pouvait m'empêcher d'aller jusqu'au bout, et je sentis que la réponse se trouvait sur la gauche.

J'étais d'ores et déjà perdu. Ma voix intérieure m'exhortait à cesser de jouer au limier et à revenir à des préoccupations plus terre à terre, en l'occurrence mes pieds. Ensuite, je pourrais m'accorder une petite heure à rêvasser à travers le magasin, puis je rentrerais sagement chez moi où m'attendait le dernier numéro de la revue *Science*. Je l'entendais clairement, cette petite voix, je lui donnais entièrement raison, mais je refusais de lui obéir, parce que j'étais séduit. Séduit par un parfum ? Bien sûr que non ; les parfums n'ont aucun pouvoir de cet ordre, les philtres d'amour n'existent pas. Mais alors par quoi, par qui ?

* * *

Par Candice Groleau !

Elle se trouvait là, en chair et en os, avec sa blonde tignasse, son petit nez rond un rien vulgaire, ses lèvres en cœur et ses formes de starlette, ses bras roses, dont le gauche portait un bracelet tatoué sur le biceps, sa tenue trop légère pour la saison... Candice Groleau telle qu'en elle-même. Elle portait des couleurs pastel qui la moulaient et traînait un minuscule blouson glissé dans la bandoulière de son sac. Elle faisait l'effet d'une bonbonnière sur le pupitre d'un instituteur, et son odeur correspondait à son apparence. Tout s'expliquait.

Aucun doute possible : quand Dieu avait apporté la dernière touche à la version Candice Groleau, il s'était exclamé : « Cette fois, on y est ! » Sauf que, épuisé et satisfait, il avait bâclé l'intérieur.

C'était à la dernière fête de Noël que j'avais remarqué Candice Groleau pour la première fois. Je l'avais même beaucoup remarquée.

Je buvais très peu d'alcool. Parfois, j'ouvrais une bouteille de bordeaux le vendredi et l'étirais jusqu'au dimanche. Il était donc extrêmement rare que je m'enivrasse. Conséquemment, deux ou trois doses d'alcool suffisaient à me mettre dans un état que d'aucuns n'atteignent qu'au péril de leur foie.

Dans le même ordre d'idées, je m'ennuyais dans ces fêtes qu'organisent périodiquement les entreprises convenables pour cimenter l'esprit d'équipe du personnel. J'y participais le moins possible, mais je faisais preuve de bonne volonté à l'occasion de Noël.

Vous n'ignorez pas que les compagnies pharmaceutiques roulent carrosse, grand carrosse ! Nous avions droit à un traitement princier. Les vins étaient nobles, et le buffet offrait bien davantage que la salade de macaroni, les sandwichs écroûtés et le cheddar en cubes dont le vulgum pecus se délecte d'ordinaire. Chez nous, la faune océanique était représentée au grand complet, la dinde écartée au profit de l'oie, les salades plus exotiques les unes que les autres. Les fromages fins fleurissaient sur des plateaux pharamineux et les desserts vous faisaient prendre du poids rien qu'à les regarder.

Difficile dans ces conditions de rester fidèle à mes principes de modération, d'autant plus qu'une bouche pleine permet d'éluder poliment les conversations oiseuses. J'avais par ailleurs assez d'occasions de discuter pilules avec mes collègues chimistes et je préférais ignorer ce qui ne concernait pas directement mon travail. Une fois rassasié et après avoir serré la main des patrons, je filais à l'anglaise — je présume qu'il n'est pas nécessaire de vous expliquer cette locution, mon cher Drummond.

Or, à cette fête, qui avait eu lieu environ quatre mois avant que je tombasse sur Candice Groleau au «Pneu canadien», j'avais été retenu par un saint-estèphe sublime. Ce n'était pas parce que je buvais peu que je ne goûtais pas, au contraire. Alourdi, étourdi, je m'étais laissé choir dans un fauteuil avec la molle intention de finir la bouteille que j'avais accaparée.

Devant moi, ça bougeait, ça rigolait, ça s'échangeait des bises, ça dansait gauchement sur des airs de saison à la sauce pop, le théâtre habituel, quoi.

Mais voilà qu'un astre rouge s'était mis à clignoter. Je l'aperçus d'abord de loin, par intermittence. Il venait vers moi. En réalité, il se dirigeait vers le bar, qui se trouvait à proximité, mais l'effet était le même. Il progressait lentement, capturant dans son orbite un mâle après l'autre. Cet être lumineux prodiguait des bises avec autant de bonne grâce qu'un Jésus ses bénédictions. Enfin, il émergea de sa spirale d'adorateurs béats.

Pour l'occasion, mademoiselle Groleau portait un microscopique bustier écarlate bordé de fourrure blanche, avec une coiffe assortie en forme d'étoile. Plus bas, je ne me souviens pas. Mon cher Drummond,

vous êtes sans doute en mesure d'imaginer qu'un dé-
colleté de Candice Groleau n'a pas besoin de plonger
tellement profond pour provoquer des vertiges fan-
tasmatiques. Mais celui-là coulait, je vous l'assure,
vers des abysses à faire bander un scaphandre!
Excusez mon franc-parler.

Je crus d'abord que mademoiselle Groleau était un
genre de décoration de Noël vivante que l'on avait
engagée pour la circonstance. Je me levai d'un bond
— pas évident avec une bouteille dans la main gauche et une coupe pleine dans la droite. J'aurais dû au
moins déposer le saint-estèphe, mais j'étais comme
un enfant au moment de la distribution des surprises
qui craint qu'il n'en reste plus pour lui.

Je me plantai devant elle et baragouinai un «joyeux
quelque chose, mademoiselle» qu'elle ne sembla pas
entendre.

— Mademoiselle...?

— Groleau. Je suis la nouvelle à la mise en marché.
Monsieur?

— Chimiste. Monsieur Chimiste... Non! Monsieur...

Et c'est à cet instant que le parfum assaillit mes
narines avinées. L'exquis effluve me submergea de
bien-être. Je perdis mes derniers repères. Je déployai
de surhumains efforts pour regarder mademoiselle
Groleau dans les yeux, qu'elle avait immenses comme
des gouttelettes de bleu de méthyle dans l'oculaire
d'un microscope. J'aurais pu rester planté là toute la
nuit. Pas elle.

En moins de dix secondes, elle m'avait tourné le
dos et avait réintégré la fête sans autres aménités.

Je n'avais pas eu droit à ma bise. Pour s'éloigner de ma personne, Candice Groleau avait même renoncé au verre qu'elle était venue quérir. J'eus la désagréable sensation d'avoir cessé d'exister et je tentai bêtement de la dissiper en avalant d'un trait le contenu de ma coupe. Après quoi, j'y déversai le fond de la bouteille.

Ce remède n'eut toutefois pas l'effet escompté, et le parfum de mademoiselle Groleau resta collé dans mes fosses nasales. Abandonnant la bouteille vide sur une table, je me lançai à sa poursuite.

Enfin pas tout à fait à sa poursuite. Je me maintins simplement dans la zone d'influence de son parfum, mine de rien, soudain très sociable, saluant chaleureusement jusqu'à mes plus vagues connaissances, convaincu que les aléas de mes circonvolutions ne manqueraient pas de me ramener face à cette sidérante fée des étoiles.

Cela arriva plus vite que je ne l'avais espéré. J'inspirai à fond, ce qui acheva de m'enivrer. Néanmoins, je pus articuler clairement.

— Joyeux Noël, mademoiselle Groleau de la mise en marché !

Je la sentis excédée, mais juste une fraction de seconde : c'était une professionnelle. Elle estima que la façon la plus simple de se débarrasser de moi serait de faire sans tarder son devoir.

— Joyeux Noël.

Et elle me tendit sa joue, sans toutefois ouvrir les bras. Je me penchai trop vivement, je suppose, car avant que nos épidermes se frôlassent, elle poussa un de ces petits cris de femme qui vous percent le tympan, et recula vivement, les mains sur les seins, fixant d'un regard horrifié un filet de vin qui s'insinuait dans son sillon mammaire.

Il a une riche robe, le saint-estèphe !

Un nombre incalculable de mains viriles porteuses de serviettes de table firent vite écran.

Bredouillant des excuses, je battis en retraite jusqu'au poste de taxi le plus proche.

* * *

Je passai la fin de semaine qui suivit à tenter de me défaire d'une honte accablante. Soit, ma maladresse m'avait rendu ridicule, mais cela demeurait une simple erreur technique. Ma réputation d'homme sérieux et mesuré n'aurait su vaciller pour si peu. J'étais cependant préoccupé de m'être laissé ainsi démonter par ce qu'on appelle ici une « poupoune », parfumée qui plus est — quoique, en cette matière, je lui reconnaissais déjà un goût remarquable. Jadis les curés, du haut de la chaire, accusaient l'alcool de rendre l'homme semblable à la bête. En ce qui me concernait, il m'avait à tout le moins rendu bien bête. Sommeillait-il dans mon inconscient un négatif de ma personne, un Mr Hyde affamé de chair fraîche et odorante ? Avais-je, pendant toutes ces années, inhibé le mâle primal en moi ? Étais-je mûr pour une séance de flagellation thérapeutique ?

Je ne pouvais le croire. L'explication, en fait, était beaucoup plus simple. Je m'étais trouvé, durant cette soirée, tellement éloigné de mes intérêts ordinaires que, pour meubler le vide, je n'avais eu d'autre choix que de m'abaisser au niveau des autres fêtards. Tel l'albatros de Baudelaire, je m'étais révélé sur ce terrain parfaitement inepte, ce qui, avec du recul, confirmait ma véritable nature. Je me promis de ne plus boire que lorsque je serais seul et maître de mes limites, et je classai le dossier.

J'avais tout faux.

Par courtoisie, j'écrivis sur une jolie carte un mot d'excuses à mademoiselle Groleau, dont je trouvai les coordonnées de fonction dans le répertoire des employés. Elle était représentante, c'est-à-dire qu'elle visitait les professionnels de la santé afin de les inciter à prescrire nos médicaments de préférence à ceux de nos concurrents. Elle était même la meilleure représentante de l'entreprise, surtout grâce au grand nombre de médecins mâles, supposais-je mesquinement.

Elle eut la gentillesse de me répondre par un courriel laconique. Elle y affirmait qu'elle ne pensait déjà plus à l'incident, d'autant moins grave que son «linge» n'avait pas été taché. Je me souviens qu'elle avait écrit «tacher». J'oubliai l'épisode à mon tour. Mais, ainsi que Proust l'a si éloquemment démontré, jamais n'oublie-t-on tout à fait.

* * *

Elle était donc là, devant moi, dans le rayon des chaussures du «Pneu canadien», émoustillante comme jamais, et cette fois, j'étais sobre. Je m'étais introduit dans le champ d'attraction de son parfum, prêt à partir en orbite, jusqu'à l'écrasement fatal.

Avec une femme comme Charlotte Chalifoux-Chouinard, je n'aurais eu aucune difficulté à amorcer une conversation. Je vous dirai même, sans me vanter, qu'après elle, j'aurais pu ajouter quelques conquêtes de qualité à mon tableau, si j'avais été chasseur. Mais je n'avais aucune idée de la manière d'aborder une «poupoune», ce qui fit que je demeurai coi jusqu'à ce qu'elle posât les yeux sur moi, pour les détourner aussitôt. Les Candice Groleau de ce monde vivent dans la crainte perpétuelle des importuns.

Je suppose que, dans un deuxième temps, elle se rendit compte que je ne lui étais pas absolument inconnu. Elle reporta son regard vers moi.

— Bonjour, mademoiselle Groleau.

Décontenancée d'entendre son nom, elle me fixa en levant un sourcil qui obliquait joliment.

— Ah oui! On travaille pour la même compagnie! Tu es le... le...

— Chimiste. Le chimiste.

— C'est ça, oui, je me souviens, le chimiste.

— Le chimiste.

Elle s'attendait, de bon droit, à ce que j'ajoute quelque chose. Ne sentant rien venir, elle me fit disparaître de sa vue et, je présume, de son existence. Pour éviter l'anéantissement, je lui lançai une banalité.

— Vous allez bien?

— Super! répondit-elle sans quitter l'étalage des yeux, sur un ton qui ne dissimulait pas son intention d'écourter notre rencontre. Et toi?

— Moi ? Je... euh...

Je ne savais plus si j'allais bien ou mal. Je n'aimais pas que l'on me tutoyât au premier abord. Mon malaise fut à son comble quand je remarquai enfin qu'elle avait en main un bâton de golf, un bois de départ qu'elle tenait la tête en haut, comme pour être en mesure de m'assommer avec, si cela s'avérait souhaitable.

Elle se rendit compte que je fixais l'instrument, qu'elle tenait trop proche de sa poitrine pour que je puisse éviter de la contempler du même coup.

— Tu viens acheter des nouveaux bâtons ? me demanda-t-elle en s'éloignant d'un pas pour en examiner d'autres.

— Oh non ! répondis-je. Je déteste le golf.

Enfin une réponse nette ! Mais, malheureusement, sans doute pas la bonne.

À ma grande surprise, elle ne réagit pas avec hostilité. Elle tourna vers moi ses grands yeux limpides.

— Ah ouais ? Sans farce ? s'étonna-t-elle sans le moindre soupçon d'ironie.

Pour la première fois de nos brefs échanges, j'eus le sentiment qu'elle me parlait vraiment.

* * *

Si je croyais au destin, mon cher Drummond, j'affirmerais qu'il était particulièrement malicieux ce jour-là, et prêt à recourir aux pires extrémités pour parvenir à ses fins.

— T'haïs ça pour vrai ? demanda-t-elle encore,

aussi sceptique que si je venais de refuser une fella-
tion qu'elle m'eût gracieusement offerte.

— Comme le diable ! surenchéris-je.

— Wow ! C'est spécial !

N'ayant plus rien à perdre, j'allais lui révéler que
des tas de gens honorables abhorrent le golf, malgré
qu'ils en parlent peu, pour les mêmes raisons que
l'on finit par se lasser d'expliquer aux naïfs pourquoi
l'astrologie, ce n'est pas sérieux, lorsque je reçus un
nouveau message de mon nez, un message que je ne
pouvais placer en attente.

— Qu'est-ce qu'il y a ? s'inquiéta-t-elle en me
voyant renifler par petits coups secs et sonores.

— Il y a une drôle d'odeur. Quelque chose
brûle... Du plastique... Pire, du carbamate d'éthyle !

— Du quoi ?

— Du polyuréthane, si vous préférez...

Elle renifla l'air à son tour.

— Tu es sûr ?

— Absolument ! Vite, éloignons-nous.

Replongé brutalement dans mon champ de compé-
tence, je redevins maître de la situation. J'agrippai
Candice Groleau par le bras et l'entraînai vers la sortie. Effarée, elle n'opposa aucune résistance, abandonnant le bâton sur place. D'ailleurs, elle détecta
bientôt à son tour l'odeur suspecte.

Comme nous nous frayions un chemin dans la
queue qui s'allongeait devant une caisse, le système
d'alarme retentit, confirmant la supériorité de mon
pif non seulement sur celui de mes congénères, mais
aussi sur la fine pointe de la technologie.

On allait apprendre plus tard qu'une défectuosité électrique avait provoqué l'inflammation d'un panneau couvert de mousse isolante. Or, la fumée dégagée par ce produit contient des cyanures, qui détiennent le pouvoir de vous occire en douce si vous les inhalez. Un ami qui rêvait d'écrire un roman policier m'avait demandé un jour s'il était possible d'éliminer un fumeur en incorporant des miettes de mousse isolante dans ses cigarettes. J'avais trouvé l'idée excellente, et je m'en serais moi-même servi dans notre affaire, si ma victime avait fumé.

Là, vous auriez été bien embêté, mon cher Drummond !

* * *

Ainsi Candice considère-t-elle encore que je lui ai sauvé la vie, ce qui est une vue de l'esprit, puisque personne n'a perdu la sienne dans l'incident. Mais pourquoi me serais-je donné la peine de lui démontrer la fausseté d'une idée qui servait si bien ma cause auprès d'elle ?

* * *

Dans le parking, d'où nous assistâmes à l'évacuation des clients et du personnel, puis à l'arrivée des pompiers, elle ne lâcha pas mon bras et colla son épaule contre la mienne. Je m'étonnais de la voir tellement remuée, mais je me gardais bien de le laisser paraître.

— Prendriez-vous un café ? osai-je.

— Bonne idée. Il est quelle heure ?

Convaincu qu'elle allait se défiler en prétextant un rendez-vous quelconque, je consultai piteusement ma montre.

— 11 h 28.

— Si on allait manger, tant qu'à y être ?

Inespéré !

Une dernière fois, ma voix intérieure tenta de m'avertir des dangers auxquels je m'exposerais en donnant suite à une telle proposition, mais ce corps dont les tendres protubérances me frôlaient, et ces lèvres capiteuses à portée de baiser m'assourdissaient.

— Avec plaisir, à la condition que ce soit moi qui vous invite.

— J'accepte, à la condition que tu lâches le vous et la mademoiselle, ça m'énerve. On n'est pas au travail ! Je m'appelle Candice.

— D'accord, si c'est ce que tu préfères, Candice.

Nous étions ensemble depuis à peine vingt minutes, et nous avions déjà des motifs de nous énerver mutuellement. Et c'était moi qui cédais. Ça commençait mal.

Hors du noyau familial, c'était la première femme que je tutoyais depuis Charlotte Chalifoux-Chouinard, et mon cœur marqua le coup en pressant le rythme.

— J'aurais le goût d'un bon smoked meat sur Saint-Laurent. Qu'est-ce que tu en dis ?

Avez-vous goûté à notre fameux smoked meat,

mon cher Drummond ? Moi, je ne mettais plus ça dans ma bouche depuis belle lurette. Une autre incompatibilité ! Si j'avais été en train de magasiner une compagne sur le Net, Candice eût déjà été éjectée.

— Euh... oui, un bon smoked meat, pourquoi pas ?

— Ce serait plus simple de prendre une seule voiture. La tienne ou la mienne ?

— Moi, je n'en ai pas.

— T'as pas d'auto, pas de « char » ?

— Eh non.

— De plus en plus spécial !

* * *

Candice Groleau est le genre de femme qu'on imagine au bras d'un avocat fortuné, d'un sportif musclé, d'un rockeur paumé, à la rigueur, mais certainement pas à celui d'un escogriffe dans mon genre. Probablement suis-je entré en contact avec elle dans la courte étape de son évolution où elle aurait pu... évoluer, c'est-à-dire où elle ressentait le besoin d'expérimenter, de connaître quelque chose ou, mieux, quelqu'un de différent. Les fantasmes féminins sont tellement éloignés des nôtres...

De mon côté, les choses paraissaient plus simples. Candice Groleau résumait en soi l'univers fantasmatique masculin. Sauf que, jusque-là, je ne m'étais jamais cru un homme à fantasmes. Je parie que, dans votre rapport, vous parlerez du démon de midi. Il passait midi, dans ma vie, en effet. Peut-être n'était-ce que cela, oui : la résurgence d'un restant de libido oublié quelque part.

Qu'importe. Le fait est qu'aussitôt installé dans l'exiguïté affolante de la minuscule voiture sport de Candice Groleau, une érection carabinée se dressa entre moi et ma voix intérieure, qui renonça définitivement à se faire entendre.

* * *

— Comment ça, t'haïs le golf ? me relança-t-elle.

Nous étions attablés dans la moiteur dense et fébrile de la plus célèbre charcuterie hébraïque du boulevard Saint-Laurent. Devant nous fumaient les spongieux sandwichs et les frites suintantes de graisse qu'un serveur avait échappés sur notre table.

Je sentais d'instinct que ma haine du golf était le filon que je devais exploiter pour soutenir l'intérêt tout frais que ma personne suscitait. Je fis valoir que le peu d'exercice que représente cette activité est tellement dilué dans le temps qu'il serait plus profitable de consacrer son après-midi à faire un bon ménage.

— Tu tombes mal : moi, c'est le ménage que j'haïs. Et puis, la transpiration, ça massacre le maquillage. Tant mieux si le jeu s'étire, ça laisse plus de temps pour parler affaires. Autant gagner un client dehors, en pleine nature, que dans un bureau, me semble, non ?

J'opposai qu'un parcours de golf n'est pas la nature. J'essayai de lui décrire mes randonnées en montagne.

— Pas question que je m'aventure dans des zones pleines de boue, ou pire encore ! Et les bêtes ! Les petites qui piquent, les grosses qui mordent... Sans parler du linge ! Regarde les randonneurs ; les gars et les filles sont habillés pareil ! Non, c'est vraiment pas pour moi.

Je n'aurais jamais cru qu'en si peu de mots on pût dire tant de mal de quelque chose. Elle était si dégoûtée rien que d'en parler qu'elle abandonna la deuxième moitié de son sandwich, non sans mentionner qu'elle se préoccupait de sa ligne. C'était pourtant son idée de venir là.

Et, parlant de ligne, Candice Groleau sortit de son sac un recueil de photographies pour m'en montrer une en particulier, sur laquelle elle portait une jupe aérienne qui cachait mal ses fesses affolantes (hélas ! point de vent fripon le jour de cette photo), un maillot qui faisait comme un filigrane sur sa peau et un adorable chapeau mou pour protéger son minois du soleil. Le cliché avait été pris à la fin d'un élan. Elle y apparaissait le corps torsadé, l'œil haut, dans ce moment d'immobilité où elle cherchait sa balle dans le bleu du ciel. Quand je vous dis que cette fille n'avait pas besoin de parler pour convaincre ! D'un seul coup, tous mes arguments contre le golf s'effilochèrent dans mon esprit.

— Les gars disent que j'ai un beau swing.

— Un élan.

— Oui... Ça me donne une pas pire drive. J'ai jamais pris de cours, pourtant. Mais j'avoue que j'ai reçu beaucoup de conseils.

Il ne devait en effet pas manquer de mâles qui, tel Cousin jadis avec moi, aspiraient à se placer derrière elle pour ajuster son passage de la hanche.

* * *

Je l'ai invitée à prendre un thé chez moi. Dans la voiture, alors qu'elle me reconduisait, elle avait roté à quelques reprises, et moi de même, en catimini. Non pas que Candice Groleau eût de mauvaises manières, mais elle maniait le volant de telle sorte que sa concentration absolue était requise. Une prudence de bon aloi m'incitait à ne pas la déranger.

Avant d'accepter de monter, elle avait jeté un coup d'œil admiratif sur les hauteurs de mon immeuble. Je n'habitais pas un taudis.

Le métier de chimiste serait impraticable sans un minimal sens de l'ordre ; rien ne garantit que cela se reflétera dans son chez-soi, mais c'était mon cas, et elle fut impressionnée. « Les gars, d'habitude... »

Elle fut étonnée par le goût terreux du thé, un puerh du Yunnan que j'achetais à gros prix dans une boutique confidentielle du quartier chinois, dont je lui appris qu'il favorisait l'élimination des matières grasses. En fait, mon invitée passait d'un étonnement à un autre. Elle se levait à tout moment, attirée par un élément de mon intérieur, aménagé avec bon goût mais somme toute banal, dont je redécouvrais les charmes à mesure qu'elle les agrémentait de sa silhouette aux reliefs accentués par un soleil pervers. Ma bibliothèque la stupéfia. Elle n'en revenait pas que j'eusse lu tant de livres et me demanda si je les gardais pour les lire encore. Et qui était donc ce Georges Brassens dont les œuvres occupaient les premières places dans mon étagère à CD ?

Moi, je ne débandais point, ou alors un bref instant, par pudeur, quand elle se planta devant la photo de la collation des grades dont je vous ai parlé et qu'elle m'interrogea sur Charlotte. Je lui répondis sans trafiquer la vérité, mais sans m'étendre sur le sujet.

Elle demanda la direction des toilettes. Pendant qu'elle y était enfermée, je songeai que son parfum allait sans doute y subsister quelques heures et j'envisageais déjà de céder à l'attrait du plaisir solitaire dès son départ, que j'estimais imminent.

* * *

Mon cher Drummond, si notre affaire n'était pas si grave, vous jugeriez sans doute que, dans les lignes qui suivent, j'essaie de vous en faire accroire, à l'instar de certains hommes qui ont développé la détestable habitude de se vanter de leurs prouesses sexuelles en présence de leurs pairs. Je vous jure pourtant que, hormis quelques détails oubliés, les choses se sont bien passées ainsi.

* * *

J'étais debout quand Candice Groleau sortit des toilettes. Je déposai aussitôt mon thé qui avait, heureux détail, dûment rempli son office de sorte que nous ne rotions plus. J'étais préparé à l'idée de reconduire mon invitée à la porte et je cherchais désespérément la formule qui rendrait possible une subséquente rencontre.

Or, au lieu d'aller prendre son sac et son blouson, Candice Groleau se laissa choir sur le divan de cuir où je passais des heures à lire. Elle prit la revue qui m'attendait là depuis la veille et la déposa sur la table.

Le moindre de ses gestes générait autour d'elle des enluminures de désir. Je l'imaginai un instant portant la jupette de la photo de golf et je crus défaillir.

— Tu t'assois pas ? demanda-t-elle avec un éclair dans l'œil dont je ne pus déterminer s'il exprimait la moquerie ou le défi.

Je pris tout à coup conscience que la protubérance dans mon pantalon ne pouvait échapper à son œil exercé. Je posai le postérieur sur le fauteuil qui lui faisait face, sans m'y enfoncer, demeurant légèrement penché vers l'avant, prêt à me relever au premier signe.

Elle rigola gentiment.

— T'es vraiment pas un gars ordinaire.

— Je ne vois pas en quoi... Je déteste le golf, mais je ne suis certainement pas le seul...

— T'as même pas essayé de me faire rire.

C'était vrai.

— Je ne savais pas qu'il fallait.

— Il paraît que c'est la meilleure façon de séduire une femme.

— C'est vrai ?

— Sais pas. Ils essaient tous, et c'est sûr que ceux qui manquent leur coup partent mal... Mais c'est pas parce que j'ai ri que je vais coucher, je suis pas si facile...

— Non, bien sûr. Vous... avez un ami ?

— Bon, il recommence avec le vous !

— Pardon.

— Non, pas de chum en ce moment. Je cours pas après. J'ai encore des expériences à faire.

— Pour ça, moi aussi : c'est mon métier !

Candice Groleau me fixa avec un air perplexe.

— O.K. ! alluma-t-elle. Parce que tu es chimiste ! Elle est bonne.

Sauf qu'elle ne rit pas.

— Mais tu me fais rire quand même ! ajouta-t-elle, devinant que je me mortifiais de n'être point drôle.

Je ne fus guère réconforté par cette réplique, et je dus avoir l'air joliment piteux.

— Je veux dire, tu sais, pas rire de toi, là... Tu me fais sourire, mettons.

— Ah bon ! Pourquoi ?

— Tu es drôle.

Cette fois, c'est moi qui signifiai ma perplexité.

— Bizarre, je veux dire.

Moi, bizarre !

— Non, je ne pense pas que je sois bizarre. Je mène une vie simple, oui...

— T'as même pas de télé.

— Je l'ai par mon ordinateur. Mais je la regarde très peu.

— Es-tu dans une secte ?

— Oh non ! répondis-je en gloussant. C'est bien la dernière chose qui risque de m'arriver.

— Malade ?

Je fronçai les sourcils.

— Non. Pas du tout. Je prends soin de ma santé et je me fais examiner régulièrement.

Oh ! Ça commençait à faire mal où vous pensez ! Elle s'était avancée sur le bord du divan et avait posé ses coudes sur ses genoux, décidée à se rendre au bout de ses questions. J'estimerais à 82 % la portion de sa poitrine qu'elle me révélait.

— D'abord, tu t'es jamais remis de ta première peine d'amour. C'est ça ?

— Je n'ai jamais eu de peine d'amour.

Candice Groleau donna ensuite aux choses un tour extrêmement compromettant. Elle se leva et vint s'asseoir sur l'accotoir du fauteuil, glissant son bras sur le dossier, au-dessus de ma tête. Son parfum fit comme une tente.

— Pas puceau, quand même ? poussa-t-elle, se permettant une dernière hypothèse.

Je baissai les yeux. Je sentais que la carte de la modestie était celle qu'il fallait jouer.

— Pas tout à fait, répondis-je. Abstinent depuis...

— Depuis elle ? s'étonna-t-elle en pointant, je supposai, notre fameuse photo.

Je détournai pudiquement la tête.

— Je comprends...

J'ignorais ce qu'elle pouvait bien avoir compris et, à vrai dire, cela m'importait peu. Pour le moment, j'essayais plutôt de me persuader que je ne rêvais pas, que je n'étais pas victime d'un mauvais tour.

— C'est un trésor, un gars comme toi.

Ça y était, elle allait me dire qu'il ne fallait surtout pas altérer le trésor et elle filerait en s'excusant. Elle caressa plutôt mes cheveux et fit glisser son index sur l'arête de mon nez. Ses cheveux coulèrent sur ma joue.

— Avec un nez si long et tellement sensible, tu dois être assez bien équipé...

J'eus une idée de ce que l'on ressent en cas de syncope. Sans préambule, elle posa sa main sur mon sexe et le tâta fermement à travers le tissu.

— Oh là là ! susurra-t-elle. En effet ! Il est temps de mettre fin à ce gaspillage.

* * *

Transportons-nous fin mai, par un matin qui, vu le climat caractériel de Montréal, paraissait exceptionnel, même pour la saison. Par milliers, les intoxiqués du golf devaient se précipiter pour gâcher cette magnifique journée sur leur parcours préféré.

Toutefois, ce n'était pas la météo qui conférait à cette matinée son caractère mémorable. Ce n'était pas non plus la conviction que, avant que le soleil n'eût atteint son zénith, j'allais faire l'amour avec Candice Groleau pour la soixante-dix-neuvième fois de ma vie — compte tenu que je la fréquentais depuis un peu plus d'un mois, c'était un rendement honorable.

Non, ce qui rendait cette matinée inoubliable,

mon cher Drummond, c'était que la veille, Charlotte Chalifoux-Chouinard m'avait annoncé la naissance d'un fils admirablement bâti et qui, de surcroît, porterait mon prénom.

J'étais heureux pour elle et honoré de conserver une place aussi importante dans sa vie. Mais je n'avais pas pu la remercier tout de suite, Candice étant alors arrivée avec un homard thermidor acheté chez le traiteur, accompagné de salade, de pâtisseries, de son riesling australien préféré et d'une kyrielle d'intentions lubriques.

Ce matin-là, donc, je me levai et m'installai devant mon ordinateur.

Le message de Charlotte était la première chose depuis longtemps qui me rappelait que j'avais eu une vie avant de rencontrer Candice Groleau.

Depuis le jour où cette dernière avait passé ma porte, mon existence avait effectué un saut quantique ; mon univers avait connu un nouveau big-bang ; j'avais basculé dans une autre dimension ; en somme, je m'étais métamorphosé en bête de fornication. Ça tombait bien, car Candice adorait mon sexe et jurait n'en avoir jamais rencontré un qui l'égalât eu égard au rapport entre sa taille et sa fermeté, de même qu'à son endurance. N'ayant eu auparavant qu'une unique partenaire sexuelle, je ne m'étais jamais rendu compte que Dieu, dans son atelier, jugeant sans doute que je méritais compensation, s'était appliqué à me fignoler un outil parfait. Tout ce que Candice pouvait faire avec, vous n'avez pas idée ! Elle tirait aussi profit, dois-je ajouter, des autres parties de mon corps, de

mes longues et fines mains et même de mon nez, imaginez ! Il paraît qu'il lui doublait son plaisir quand
nous faisions minette.

Elle appréciait surtout que je lui abandonnasse la
conduite des opérations, ce que je faisais du meilleur
gré. À vrai dire, elle était davantage boulimique que
gourmet, en plein le genre de fille dont Brassens disait qu'on ne leur demande pas d'avoir inventé la
poudre (*a fortiori* quand on est chimiste). En réalité,
elle aurait pu ne rien faire, simplement mettre son
corps nu à ma disposition, et j'aurais été comblé. Je
suis conscient de parler d'elle comme d'un objet
sexuel, mais je n'y peux rien, et toute tentative de
donner de notre relation une image plus élevée serait
malhonnête. Du jour au lendemain, Candice Groleau,
par le seul pouvoir de sa chair, avait évacué toute
considération philosophique de mon esprit. La matière brute, chaude, palpitante, odorante, suave, voluptueuse, exerçait désormais sans partage son em-
pire sur ma personne. Dès que son corps s'éloignait
de moi, un compte à rebours s'amorçait dans mon
esprit. Je calculais presque à la minute le temps qu'il
faudrait pour qu'elle me revienne, et toute autre pré-
occupation était reléguée au second plan.

Je ne lisais plus, je n'écoutais plus de musique, je
travaillais distraitement, sans la passion froide qui ne
m'avait jamais fait défaut jusque-là. Mes collègues
s'amusaient de me trouver complètement absorbé
dans la contemplation d'un ballon vide. Ils ignoraient
ce que la ronde douceur de l'objet évoquait chez
moi.

Candice et moi avions convenu d'éviter tout contact sur notre lieu de travail et, là-dessus, elle était irréprochable.

Elle n'était certes pas très intelligente, mais je ne saurais nier qu'elle possédait une sagesse certaine dans la gestion de son personnage public. Si elle se prêtait de bon cœur au jeu de la belle fille dans les fêtes, elle était, en toute autre circonstance, discrète et appliquée. De toute façon, elle était rarement à son bureau plus de deux jours par semaine, la plus grande partie de son travail s'effectuant dans les bureaux des clients ou dans des congrès, et l'été, bien entendu, sur les parcours de golf.

* * *

Donc, en ce radieux matin que je vous ai décrit plus haut, je répondis à Charlotte. Après l'avoir congratulée, je voulus lui parler de ma nouvelle relation et lui en dépeindre brièvement la nature, mais les mots ne me vinrent pas. J'aurais dû m'inquiéter de cette aphasie subite. Finalement, j'accouchai d'une phrase laconique qui disait que je m'étais fait une amie, sans plus. Charlotte, qui avait sûrement des tâches plus pressantes, me répondit quelques jours plus tard. J'ai lu ce message-là pour la première fois quelques heures seulement avant de commencer à rédiger ces pages, ainsi que la quinzaine d'autres qui l'avaient suivi et dont le ton semblait de plus en plus inquiet. Elle avait essayé de me téléphoner. À la fin, elle supposait que j'étais en amour par-dessus la tête et qu'il était

sans doute normal, dans ces conditions, que je né-
glige mes vieilles amies.

Sauf que je n'étais pas amoureux : j'étais obsédé.

* * *

Candice vint poser son menton sur mon épaule au
moment où je cliquais sur le bouton Envoyer.

— Tu as écrit à ton amie ?

— Oui. Elle vient d'accoucher.

— Chut ! Je fais un vœu... Une fille !

— Eh non ! Quel était ton vœu ?

— Si je le dis, il ne se réalisera pas.

— Il ne se réalisera pas de toute façon, puisque tu
t'es trompée.

— Il y a des enfants qui naissent à chaque instant,
tu sais.

Laissé sans réplique, je fis pivoter ma chaise et
j'enlaçai sa taille en enfouissant mon visage dans le
bas de son ventre mal recouvert par un peignoir de
soie. Où que j'allasse renifler son corps, je retrouvais
la signature de ce parfum qui m'avait conduit du
rayon des bottes du « Pneu canadien » jusqu'à sa ca-
verne aux inestimables trésors, aux portes de laquelle
je soufflais de tendres sésames dans les effluves des
fluides corporels laissés par nos torrides ébats de la
veille.

J'en voulais encore, j'en voulais toujours.

Je remontai vers l'échancrure de son peignoir, à la
recherche de ses tétins.

— Sois sage, dit-elle en me repoussant gentiment.

Elle n'avait jamais fait ça auparavant.

J'aurais défié n'importe qui, enlacé comme je l'étais à Candice Groleau, de se retirer sans résister.

— Tu es parfaite comme ça, insistai-je, croyant qu'elle désirait se doucher.

Et j'ajoutai :

— Tout de suite après, je nous prépare une grandiose omelette.

Elle se dégagea tout de même.

— Eh ! Y a pas juste le cul, dans la vie.

Décontenancé par cette réplique, je reculai dans mon fauteuil à roulettes.

— Qu'est-ce qu'il y a d'autre ?

— Y a le golf !

* * *

Dong !

Un dong comme un crochet au menton, prolongé par les basses fréquences.

— Tu joues au golf, aujourd'hui ?

— T'as vu la belle journée qu'on annonce ?

— Justement...

— Justement ! Écoute, tu t'attends quand même pas à ce qu'on passe l'été à baiser ? J'avais une vie, moi, avant de te rencontrer. J'ai pas l'intention d'y renoncer.

— Je comprends, mais tu ne m'en avais pas parlé...

— Non, mais ! Quoi ? Tu veux contrôler mon agenda ?

— Pas du tout !

— De toute façon, j'ai pas le choix. C'est le tournoi des urologues, une clientèle que je travaille à remonter. J'aurais pu t'inscrire, mais t'haïs tellement le golf que ça ne m'est même pas passé par l'esprit. Et puis, ça n'aurait pas été une bonne idée, j'aurais été moins à l'aise pour « performer ».

Je devais avoir l'air drôlement piteux.

— Allez, mon Dédé, t'es un grand garçon, tu vas bien trouver le moyen de t'occuper ; je ne pars pas pour un mois !

Elle tourna les talons.

— Faut que je me grouille. Je dois passer chez moi prendre mon équipement, décider de ce que je vais mettre, me maquiller et tout... Je vais prendre ma douche, là.

Onze minutes plus tard, elle se hâtait vers l'ascenseur, un sandwich au beurre d'arachides entre les dents.

* * *

Elle ne revint que cent trente-quatre jours plus tard, si l'on excepte la scène du lendemain, quand elle vint prendre ses affaires et m'annoncer notre rupture.

* * *

— Écoute, c'est clair que ça peut pas marcher entre nous, on est bien trop différents. Ça a été franchement le fun, t'es un super baiseur, vraiment spécial, mais les relations spéciales, ça dure pas toujours, hein ! Et puis, j'ai pas le goût de me justifier chaque fois que je voudrai aller jouer au golf, et j'ai déjà une douzaine d'invitations rien qu'au Mirage, le top des clubs. À cause de toi, je suis très en retard sur ma saison, puis ça a paru hier. J'ai joué quatre-vingt-seize, et c'est mauvais pour les affaires. Comprends-tu qu'on peut rien refuser à un pétard qui joue en dessous de quatre-vingt-quinze ? Je comprends que tu sois surpris, moi aussi, hier, en me réveillant, c'était pas du tout dans mes plans, c'est notre petite discussion qui m'a ouvert les yeux. Non, c'était pas une chicane, sauf que ça aurait fini de même de toute façon, et je supporte pas la chicane, et puis c'est normal, au fond, ça finit comme ça a commencé, t'avais quand même pas l'intention de me demander en mariage. Plus on attend, plus on s'attache, et plus c'est dur. À part ça, personne savait qu'on sortait ensemble, donc, rien à expliquer, pas de jugement, pas d'affaires plates à régler, c'est cool. Je te serai toujours reconnaissante de m'avoir sauvée de l'empoisonnement, mais ça n'engage pas ma vie entière quand même. Fait que... prends pas ça trop dur, Denis, passe à autre chose, c'est la vie, et je compte sur toi pour pas faire de folies et continuer de garder ça mort à l'ouvrage. Bye.

* * *

Mort à l'ouvrage...

J'y ai songé, mon cher Drummond, beaucoup. Il m'aurait été aussi facile de concocter un petit poison infaillible et indolore qu'à un chef de préparer un sandwich au jambon.

Jamais je n'aurais imaginé être à ce point meurtri.

La soudaineté de la rupture comptait sans doute pour beaucoup dans l'intensité de mon désarroi.

Je ne saurais prétendre par ailleurs que l'orgueil ait joué un rôle insignifiant dans ma déconfiture. Jusque-là, je ne me croyais pas particulièrement enclin à ce sentiment irrationnel et inutile ; en tout cas, je m'en étais toujours méfié, et chaque fois que je l'avais senti poindre, je l'avais réfréné. Saviez-vous que l'orgueil est un des sept péchés capitaux des catholiques, ceux qui sont à l'origine de tous les autres ? Il y a aussi la luxure. Cela m'en faisait au moins deux.

Je ne pouvais concevoir mon existence dans la privation du corps de Candice. C'était fou ! Pendant des années, j'avais été parfaitement à l'aise dans mon état d'asexué, et voilà que j'étais devenu tout le contraire. Je ne me reconnaissais plus, je n'étais plus qu'un vide impossible à combler.

Je sais... Il y a tant d'autres femmes, et même des prostituées, dont certaines, sous le titre euphémique d'escortes, maîtresses de l'illusion, arrivent à vous faire croire, pour quelque 500 $ l'heure, qu'elles sont vos maîtresses tout court. Le sage ajuste ses valeurs à la mesure de ses moyens et s'évite ainsi d'inutiles tourments moraux. De toute façon, rien ni personne n'aurait pu remplacer Candice, pas plus qu'elle-même, d'ailleurs, n'avait remplacé Charlotte. Ah ! Candice... Avec sa ferveur débonnaire dans l'assouvissement du désir qu'elle avait de moi... On peut acheter une femme, si choquante que soit cette réalité, mais jamais son désir. Candice était indivisible et indissociable de moi.

Pourquoi avait-elle cessé ainsi, d'un seul coup, de me désirer ? Pour jouer au golf ?

Il est plus ardu d'étouffer l'orgueil quand il vous aborde sur le chemin de l'humiliation. À moins que le désir que Candice éprouvait pour moi eût tout simplement été assouvi. Mais si on cesse de manger quand on est rassasié, on finit tôt ou tard par avoir faim de nouveau. Mon seul espoir était qu'au moment où Candice retrouverait son appétit, je figurerais en bonne place sur le menu.

* * *

Les sentiments extrêmes ont la propriété, à l'instar des créatures mythologiques, de se métamorphoser pour mieux accomplir leurs sombres desseins. En quelques heures, je passai de l'abattement à la combativité. Il faut dire que mon métier de chercheur m'avait habitué à surmonter l'amertume de l'échec, à conjurer la frustration afin de ramener mon esprit sur le terrain de l'analyse et de l'action concrète. Je repris donc mes émotions en main et les enfermai dans un congélateur mental. La rupture avait été si brutale qu'elle ne pouvait être le résultat d'une incompatibilité profonde. L'éclatement s'était produit en surface, et son catalyseur se situait forcément à la périphérie ; la pression atmosphérique, par exemple, ou la température... Mais oui, la température ! Il s'agissait donc d'un incident de parcours qui n'invalidait en rien les premiers résultats de l'expérience. Je dirigeai dès lors toute la puissance de mon intellect vers l'élaboration d'une stratégie qui permettrait de fusionner à nouveau, dans un creuset mieux adapté, les deux ingrédients qui avaient produit tant de jouissance : Candice et moi.

* * *

Je détenais un certain nombre de renseignements sur la Candice de la vraie vie : son gagne-pain, son jeu préféré, le numéro de son téléphone portable, son adresse électronique et son adresse civique. Elle habitait rue Saint-Charles, à Longueuil, dans un immeuble au pied duquel je l'avais attendue à quelques reprises, dans sa voiture. J'avais grandi à Longueuil et je crois bien que c'était la seule chose que nous avions en commun.

C'eût été une très mauvaise idée de la relancer au bureau. Non, il fallait que je fusse invisible jusqu'à l'instant précis où, sans en être consciente, elle éprouverait le besoin que je la cueille et que je la déguste.

Je devais en apprendre plus sur ses habitudes, sur tout ce qui la concernait, et la filature classique me sembla le meilleur moyen d'y arriver.

J'allais avoir besoin d'une voiture.

* * *

Rien de plus simple que de m'en procurer une. Pour moi, ce fut une révélation. Cela s'accomplit chez le concessionnaire le plus près de chez moi, en une heure à peine, le temps de vérifier que mes actifs financiers me permettraient d'acheminer en trois ans 51 637,44 $ à l'industrie automobile, à des institutions financières et à nos gouvernements.

Dès le lendemain, j'étais au volant d'un véhicule dont je ne me serais même pas approché la veille, sinon pour cracher dessus, un corpulent quatre-quatre avec un puits de pétrole dans les entrailles et des vitres teintées à la limite de la légalité. Si jamais Candice remarquait la présence récurrente du véhicule dans son sillage, elle ne ferait certes pas le rapprochement entre un tel monstre et moi.

* * *

Bien que n'ayant jamais possédé de voiture avant ce jour, il m'était arrivé d'en louer pour des excursions dans des régions qui n'étaient pas desservies par les transports en commun. J'étais donc littéralement un « chauffeur du dimanche » et, ce samedi matin-là, je ne me sentais pas très à l'aise d'affronter notre pont Jacques-Cartier. Heureusement, juin qui débutait à peine annonçait un été exemplaire, et les conditions de conduite étaient idéales. Je songeai que, étant donné la manière dont je menais mon hippopotame, je risquerais de perdre bien vite de vue la petite voiture sport de Candice Groleau qui, dans la circulation dense, évoquait plutôt le furet du bois joli.

Je ne pouvais pourtant pas revenir me poster indéfiniment à portée de vue de son immeuble sans éveiller ses soupçons. À peine entamée, ma stratégie montrait déjà des failles.

Mais déjà, aussi, les circonstances allaient pallier les vices de mes improvisations, et ce, d'une façon totalement imprévue.

* * *

Ce même samedi, donc, je m'étais garé rue Saint-Charles, à un endroit où j'avais une vue en diagonale sur la demeure de Candice et sur l'allée d'où émergerait fatalement sa voiture — une autre chose que je savais sur la demoiselle, c'était qu'elle avait horreur de marcher.

Aussi fus-je étonné, au bout de plusieurs longues minutes passées à explorer les finesses de mon tableau de bord, de la voir sortir par la grande porte vitrée de l'immeuble, son attirail de golf à la traîne et son téléphone à la joue.

Mon étonnement fut bref. À peine bandais-je qu'un gros cabriolet noir arriva, une Mercedes pour être exact, la seule marque de voiture que j'aie jamais pu identifier au premier coup d'œil. La décapotable s'arrêta aux pieds de Candice, qui rempocha son téléphone. De la voiture émergea un homme assez corpulent, affublé d'une chevelure blondasse et bouclée ridicule pour l'âge que je lui devinais. Il fit le tour du véhicule, tandis que le coffre s'ouvrait tout seul, et accueillit Candice dans ses bras, où elle s'était jetée.

Il s'ensuivit un baiser, et quand on se jette dans les bras d'un homme pour l'embrasser, on n'y va pas de « langue morte ».

Heureusement que j'ai une bonne dentition, car j'aurais été condamné à me rendre d'urgence chez un dentiste, et par un beau samedi matin d'été, devinez où ils sont tous !

Je vous propose un exercice de diction, mon cher Drummond : répétez cinquante fois le mot « rage » en roulant le plus possible le « R », et vous aurez une relative idée de ce que je ressentais. Des chapelets d'injures que j'aurais honte de citer ici explosèrent en mon for intérieur.

Les indécents se lâchèrent enfin, et le bonhomme alla ranger le sac de Candice dans le coffre. Cette dernière enjamba la portière sans l'ouvrir, dans un écart qui rappela sa petite culotte à mon tendre souvenir, et se laissa tomber sur le siège de cuir.

Le chérubin gonflable vint la rejoindre, et la voiture démarra comme je me rappelais que je devais les prendre en filature.

C'est l'usage, chez les propriétaires de grosses bagnoles, de laisser tourner le moteur tant qu'ils sont dedans, histoire de montrer qu'on se fiche un peu de la planète quand on a la fortune qu'ils ont, mais je n'avais pas poussé le mimétisme jusque-là. Je cafouillai en redémarrant. Et il fallait que j'effectue un virage à 180 degrés.

Heureusement, cela me fut épargné, car ils prirent à droite à la première intersection pour se diriger vers la rue du Bord-de-l'Eau, ce qui, pour un familier du

Vieux-Longueuil, signifiait qu'ils s'en allaient vers l'est.

Je fonçai droit devant et tournai à gauche à la première occasion, en direction du fleuve. Je les repérai aussitôt. J'appuyai sur le champignon et me retrouvai à quelques mètres derrière eux dans la rue du Bord-de-l'Eau, séparée du fleuve par l'autoroute 132. Ils roulaient trop vite. La voie était libre, mais comme la blondasse tignasse se penchait sans cesse sur le buste de Candice qui, je le devinais, s'amusait de la chose, le pire pouvait arriver si une voiture surgissait d'une intersection.

Et le pire arriva. Le conducteur, occupé ailleurs, vit l'autre voiture à la dernière seconde, et moi, occupé à le maudire, je vis à la dernière seconde qu'il avait vu l'autre voiture à la dernière seconde... La Mercedes freina *in extremis* ! Je donnai un coup de volant vers la gauche.

C'est que ça ne vire pas naturellement, ces machines-là ! Le quatre-quatre obliqua presque à 90 degrés et chargea comme un rhinocéros affolé le remblai de l'autoroute 132.

Ça fit blonk ! Le baudrier me comprima la poitrine, mon crâne se rabattit sur l'appuie-tête, devant mes yeux défila une myriade de lumières de Noël, tout à fait hors saison.

Qu'aperçus-je, quand je replaçai mes lunettes, dans le cadre de la portière qui venait de s'ouvrir ? Lui ! Le propriétaire de la touffe bouclée ! Il me fixait d'un air inquiet.

— Ça va ? Vous devriez porter plainte : vos *airbags* n'ont pas fonctionné !

— Qu'est-ce que ça peut te faire, salaud ?

Je regrettai tout de suite ce trait acide. Il ne pouvait que compliquer la situation, surtout que le type était nettement plus costaud que moi, qui n'aurais pas eu le dessus sur un cul-de-jatte. Et je dois admettre que son geste était plutôt noble. Il aurait pu continuer son chemin sans s'occuper de moi.

L'affreux demeura calme.

— Je sais, je m'excuse, je ne regardais pas la route... C'est ma faute.

Je m'excusai à mon tour pour mon impolitesse, et ajoutai que j'appellerais la compagnie plus tard.

— Pour le moment, est-ce qu'on appelle une ambulance ?

Dans le miroir latéral, je vis Candice qui considérait la scène, la main sur la bouche. Les vitres teintées l'empêchaient absolument de m'identifier, mais pas question pour moi de descendre.

— La dame, elle n'a rien ?

— La « dame »... (Il eut un rictus que je n'appréciai pas du tout.) Non, elle n'a rien. L'autre voiture non plus. On ne s'est pas touchés. Il n'y a que vous qui... On appelle l'ambulance ? répéta-t-il.

— Non ! Non, je n'ai rien de cassé, dis-je en tâtant différentes parties de mon corps.

— Vous devriez descendre et marcher un peu.

— Je suis pressé ! C'est pour ça que je roulais un peu vite. Je vais essayer de reculer.

Non sans avoir remonté la vitre, je relançai le moteur qui s'était étouffé. Je réussis à me replacer derrière la Mercedes. Maintenant, Candice tuait le temps en rectifiant son maquillage dans le miroir du pare-soleil. Je peux vous annoncer qu'elle avait déjà relégué l'incident aux oubliettes et qu'elle ne reconnut pas le véhicule lorsque, plusieurs semaines plus tard, elle y monta.

La moumoute jaunâtre — car c'en était une — réapparut et son propriétaire me fit signe de baisser à nouveau la vitre.

— À part le coin du pare-chocs éraflé, il ne semble pas y avoir de dégâts. C'est un vrai char d'assaut que vous conduisez là.

— Merci.

— Il faudrait quand même remplir un constat.

— Je suis pressé.

— Bon. Vu que je n'ai pas de dommage de mon côté, je peux vous laisser ma carte, monsieur...

— Euh... Du... Dumovitch.

— Dumovitch ? C'est russe ?

— Oui, en effet, de loin...

— Moi, c'est Pichette. Docteur Pierre «Pit» Pichette, urologue, et je peux vous aider si vous avez quoi que ce soit. Peut-être que vous ne sentez rien maintenant, mais vous pourriez vous lever demain avec une mauvaise surprise. Tenez, j'ai inscrit mon numéro d'urgence au dos de la carte. À l'hôpital, vous n'aurez qu'à demander qu'on m'appelle pour passer avant tout le monde.

Après que j'eus pris sa carte, il sortit un ordinateur de poche.

— Si vous allez à l'urgence pour n'importe quoi, d'ailleurs, même une mauvaise grippe, ne vous gênez pas. Je vous mets sur ma liste prioritaire. Je vous dois bien ça. Votre prénom ?

— Euh... Dino.

— Dino Dumovitch... C'est spécial. Mais ça se retient bien. Voilà. Vous êtes en bonne compagnie, juste entre Dion et Elliot. Je ne soigne pas n'importe qui.

Il s'attendait à ce que je lui demande de quel Dion et de quel Elliot il s'agissait, mais devant mon indifférence, il poursuivit.

— Bon, écoutez, je suis content qu'il n'y ait pas plus de dégâts. Ne donnez pas mon numéro à l'assurance, par exemple, hein ! Ni à personne, d'ailleurs.

— N'ayez aucune inquiétude.

— Alors bonne route et, on ne sait jamais, à une prochaine, peut-être ! On est un peu pressés nous aussi, on est attendus au golf de Sainte-Aline-des-Lacs, en Mauricie. C'est nouveau. L'avez-vous essayé ?

— Non.

— C'est pas parce que j'ai quelques intérêts dans l'affaire, mais je vous le recommande, c'est superbe. D'ailleurs, attendez-moi encore un instant.

Il se rendit à sa voiture et en revint avec un énorme portefeuille.

— Il me semblait qu'il me restait une carte-cadeau. Je vous l'offre. Vous aurez tout gratuit, même le repas au club-house. Profitez-en, c'est pas si loin.

— Je le ferai probablement, merci.

Il retourna enfin à sa Mercedes pour repartir. Je n'en pouvais plus.

Je regardai les deux boules blondes accentuées par

le noir de la carrosserie disparaître, à vitesse modérée cette fois, en direction du tunnel Louis-Hippolyte-Lafontaine.

La filature devenait tout aussi impossible qu'inutile. Le cœur battant et les mains moites, je repris donc, pour ma part, la direction du pont Jacques-Cartier.

* * *

C'est allongé dans un bain chaud, histoire de soulager mes meurtrissures morales et physiques, que je pris la décision fatidique sans laquelle, mon cher Drummond, vous ne sauriez même pas que j'existe.

En moins de six semaines, j'étais passé de l'état solide à l'état gazeux, d'une statue coulée dans le bronze à un de ces bonshommes publicitaires gonflés à l'hélium que le vent agite au bout d'une corde. Sauf que la corde, que tenait Candice, s'était rompue et que j'étais totalement soumis aux bourrasques de l'existence.

Voir ainsi balayés tous les principes d'une vie, cela n'indique-t-il pas qu'on s'est trompé quelque part dans l'accomplissement de cette tâche que Socrate, quatre siècles avant Jésus-Christ, jugeait déjà essentielle : se connaître soi-même ?

Quoi qu'il en soit, au moment de me sécher, j'avais décidé de franchir mon Rubicon, voire de boire ma ciguë : j'allais me mettre au golf ! Je sautai sur Internet et dénichai l'annonce suivante.

Le club Augusta National: la cathédrale du golf!

Rien qu'à vous en parler, j'en ai la chair de poule! Il n'y a pas un seul golfeur sur cette planète qui ne rêve pas, ne serait-ce qu'une seule fois dans sa vie, de mettre les pieds sur les terres sacrées de Bobby Jones. Voir Venise et mourir? Non, voir Augusta et mourir!

Vous ne pouvez vous rendre en Géorgie? Heureusement, pas plus loin qu'à Laval, le vrai golfeur peut se recueillir à **La Basilique du golf**, où il trouvera tout, absolument tout ce qu'il lui faut pour rendre son culte.

— André Rousseau, *Le Journal de Montréal*

* * *

Je me concentrai sur le contenu factuel de ce message publicitaire davantage que sur son ton qui, en d'autres temps, eût grandement agacé l'impie que j'étais. Je portais les œillères de mon objectif.

Cela dit, La Basilique du golf n'était pas un « trou », c'est le moins qu'on puisse dire. Je fus favorablement impressionné par les salles d'entraînement où, en projetant ma balle vers une sorte d'écran géant, je la voyais poursuivre son vol au-dessus d'une allée virtuelle. J'imaginai même que, en poussant la technologie un peu plus loin, on pourrait un jour jouer en salle et redonner ainsi à la nature les millions d'hectares qui lui ont été subtilisés au profit d'une minorité d'inconscients gâtés. J'imaginais un décor changeant à mesure que l'on marchait sur un tapis roulant, des enregistrements de chants d'oiseaux et de bruissement de feuilles et d'eau, des odeurs de gazon fraîchement coupé... Cela vous irait-il, mon cher Drummond ?

* * *

En tout cas, je n'aurais pas été mieux accueilli dans la plus déjantée des sectes. Je fis croire au commis, un assemblage trapézoïdal d'os et de muscles surmonté d'un cube coiffé à la gomina, que j'avais reçu l'appel et que je me présentais à lui avec toute l'ardeur et l'humilité d'un catéchumène. La carte de crédit platinée avec laquelle j'acquittai les premiers frais acheva de lui démontrer la sincérité de ma nouvelle vocation. On entre en religion ou on n'y entre pas, que diable !

C'est que ma foi n'était pas seulement profonde, elle était animée d'un sentiment d'urgence. Dans une quinzaine tout au plus, je voulais être en mesure de pénétrer dans le temple avec une connaissance suffisante de la doctrine et des rituels pour m'agenouiller devant le ciboire et y cueillir l'hostie sphérique que ma persévérance y aurait amenée à grands coups de fers et de bois (autrement dit, mettre la balle au trou sans trop de détours).

* * *

Le commis gominé, qui s'avérait être aussi instructeur, trouva le défi digne de ses aptitudes. Il accepta de bonne grâce de m'accorder les heures supplémentaires que la tâche exigeait, moyennant une rétribution tout aussi supplémentaire, bien entendu.

Il montra beaucoup d'enthousiasme. Mis à part un tutoiement pour lequel il n'avait pas sollicité mon accord et une eau de Cologne superfétatoire, il était beaucoup plus supportable que Cousin. Il me trouva doué. En réalité, j'avais pris un peu d'avance à l'aide de leçons offertes sur Internet. Sans vouloir vous offenser, mon cher Drummond, je vis confirmé ce que j'avais toujours pensé : c'est plutôt bête, le golf. Car enfin, la balle ne bouge pas. Elle ne vous presse même pas. Elle attend patiemment que vous choisissiez votre outil, que vous vous installiez, que vous trouviez votre équilibre, que vous vous concentriez et que vous exécutiez le mouvement. Or, j'avais une longue habitude de l'analyse et de la concentration et, selon mon instructeur, j'étais un « poteur » naturel. J'étais de plus favorisé par mon squelette élancé et souple.

Tout ça fit que, deux semaines plus tard, je pouvais taper la boulette avec assez d'aplomb pour avancer sur un parcours sans provoquer de congestion. Nous avons joué ensemble, mon cher Drummond, et bien que je n'eusse pas été à mon meilleur, vous admettrez que vous ne vous êtes jamais douté que vous aviez affaire à une recrue.

Le gominé fut fort attristé de quitter un élève si prometteur, mais j'avais autant besoin de perfectionner mon jeu que les terroristes du 11 septembre 2001 de connaître les manœuvres d'atterrissage d'un Boeing 767.

* * *

Je téléphonai au bureau du docteur Pierre «Pit» Pichette, urologue, en me faisant passer pour ce monsieur Dion qui, rappelez-vous, figurait juste avant moi sur la liste prioritaire.

— Monsieur Steve Dion?

— Lui-même.

— Ça fait un bout... Je ne vous avais pas reconnu.

— C'est normal, les problèmes urinaires affectent la voix.

La secrétaire se laissa prendre au subterfuge. Par contre, elle pouffa de rire au bout du fil quand, prétextant un «besoin pressant», je lui demandai un rendez-vous dans les jours prochains. Ce n'était pas l'allusion au «besoin» qui l'amusa, mais le fait que j'imaginasse pouvoir consulter un médecin spécialiste dans un avenir rapproché.

Elle me suggéra d'appeler plutôt le docteur Pichette à son numéro d'urgence, que je devais connaître puisque je figurais sur sa liste prioritaire. Je protestai que je serais gêné de décrire mes symptômes au téléphone. J'insistai tant et tant qu'elle finit par me détailler l'emploi du temps de l'urologue afin que je saisisse le caractère irréaliste de ma demande. Ainsi appris-je qu'il ne travaillait que trois jours par semaine, disparaissant mystérieusement tous les lundis et vendredis, et ce, jusqu'à l'Action de grâce.

J'avais obtenu le renseignement que je cherchais. Qu'est-ce que Pierre «Pit» Pichette pouvait bien faire, tous les lundis et vendredis d'été, sinon golfer?

Je savais que Candice, elle, ne succombait pas à son vice les jours de semaine, sauf si ses fonctions de représentante l'y obligeaient. Les aspects spectaculaires de sa personnalité ne devraient pas nous faire oublier qu'elle est une bûcheuse. Dans son métier, il ne suffit pas de séduire les clients, il faut aussi assurer le service, et elle le fait, paraît-il, avec une diligence sans faille. À la fin de la journée, je la retrouvais souvent épuisée. Ce n'était jamais mon cas, et pourtant, je pense que je gagnais beaucoup plus qu'elle. Par bonheur, aucune fatigue ne parvenait à modérer le caractère primesautier de sa sexualité. Au contraire, l'œuvre de chair avait pour elle des vertus réparatrices, et j'enrageais rien qu'à penser que c'était le grotesque Pichette qui en profitait désormais.

En tout cas, ce n'est pas parce qu'on connaît la mécanique que l'on conduit mieux, et il avait beau être urologue, j'étais sûr qu'il ne donnait pas à Candice autant de plaisir que moi.

Nous étions mardi. Juin finissait moins bien qu'il avait commencé, il ne faisait pas très beau, et c'était tant mieux : il y aurait moins de monde au golf de Sainte-Aline-des-Lacs.

* * *

Tout scrupule écologique mis à part, rouler dans le monstrueux biberon qui était le mien ne manquait pas de suavité, surtout à travers la campagne pauvrette entourant Sainte-Aline-des-Lacs. Je dominais les aléas de la route mal entretenue, qui s'aplatissait sous mes roues gargantuesques. J'avais le sentiment d'avancer en conquérant, en envahisseur. Pierre « Pit » Pichette n'avait qu'à bien se tenir. Pour l'heure, je n'avais qu'une vague idée de ce que j'allais lui infliger ; j'envisageais un coup analogue à celui que j'avais asséné à Cousin dans le temps, mais que je porterais cette fois volontairement et de manière à l'envoyer un long moment explorer le côté sombre de notre système de santé. Oh l'affreux ! Oh le laid ! Je le détestais. Je détestais le golf.

En vérité, j'étais volontaire pour détester à peu près n'importe quoi, et je ne devais pas m'aimer beaucoup moi-même.

* * *

Le club de Sainte-Aline-des-Lacs me parut de fort bonne tenue.

Préoccupé par la mort violente qui vous y a mené à votre tour quelque temps plus tard et peu au fait de l'économie rurale québécoise, sans doute n'avez-vous pas été étonné comme moi, mon cher Drummond, de découvrir un tel déploiement de richesses aux abords d'un humble village aussi éloigné des grands centres. Sans mésestimer Trois-Rivières ou Shawinigan, il ne me semblait pas qu'il y eût à proximité un bassin de population suffisant pour rentabiliser un investissement de cet ordre. D'ailleurs, il y avait peu de voitures dans le stationnement. Et l'auberge flambant neuve érigée juste à côté ne donnait pas non plus l'impression de bourdonner d'activité.

Qu'importe, ce n'était pas mes affaires. Je me présentai à l'accueil, où un étudiant trop heureux d'avoir dégoté une sinécure estivale fit taire la télé pour s'occuper de moi.

— Journée tranquille! lançai-je pour le mettre à l'aise.

— Il ne faut pas se fier aux apparences, ça peut débouler d'un coup, répondit-il sans conviction.

Il accepta la carte-cadeau avec indifférence, mais montra de l'étonnement quand je lui dis que je voulais m'abonner tout de suite.

— Si vous y tenez...

Je le lui confirmai en lui tendant ma carte de débit.

— Oh! Désolé, on n'est pas encore branché sur le système. Mais nous acceptons les principales cartes de crédit.

Oups! J'aurais dû prendre de l'argent liquide. Je n'avais plus le choix de donner mon vrai nom. Quel novice j'étais dans l'art de la manigance!

Le commis s'accouda devant l'ordinateur. L'écran était placé de manière que le client pût le lire, ce qui faisait tout à fait mon affaire.

— Denis Dupré-Dumont.

Il pianota.

— Mes amis m'appellent Dumovitch! ajoutai-je.

— Ah bon.

— Oui, Dumovitch.

Il me jeta un regard agacé.

— Mais votre nom, c'est bien Dumont ?

— Oui, oui, Dupré-Dumont.

— Alors, Dupré-Dumont.

Si jamais Pichette m'appelait Dumovitch devant lui, le garçon ne devrait pas s'étonner.

Il entra mon nom et les fausses coordonnées que je lui avais données. Il remplit manuellement le formulaire de crédit. Je le signai.

— Tout est beau, conclut-il en me rendant ma carte. C'est libre, vous pouvez partir tout de suite.

— Je voudrais aussi réserver pour vendredi.

— Pour vendredi ? Maintenant ?

— Puisqu'on y est...

La page de réservation du vendredi s'afficha à l'écran. Elle comportait deux noms le matin, et un seul en après-midi, qui me sauta aux yeux.

— Tiens, ce vieux Pit ! m'exclamai-je.

— Vous connaissez le docteur Pichette ?

— C'est lui qui m'a donné la carte-cadeau.

— Ça ne m'étonne pas, il a des parts dans le complexe.

— Vraiment ?

— Mais vous ne regretterez pas votre abonnement, c'est un superbe parcours. Je vous inscris à quelle heure ?

Pit Pichette partait à 13 h, je m'inscrivis donc à 13 h 10.

* * *

Ensuite, je me présentai fin seul au premier tertre de départ du golf de Sainte-Aline-des-Lacs. L'aménagement paysager avait été fait avec un certain goût. En ville, c'eût été un parc magnifique ; à la campagne, c'était un non-sens. J'aurais préféré parcourir les lieux tout simplement, de mon pas de randonneur. Il devait s'y trouver des oiseaux intéressants, car enfin, j'osais espérer qu'on ne les chassait pas. Mais pour l'heure, je devais hélas m'en tenir au but que je m'étais fixé : me familiariser avec le parcours afin de jouer avec un tant soit peu de crédibilité vendredi.

Il me fallut plusieurs minutes avant de me décider à prendre mon élan. J'avais le sentiment de trahir, de me trahir. Est-ce que tous les traîtres, au moment de passer à l'ennemi, ont ce sentiment de plonger dans la zone vide de l'existence ? Le vide... C'était bien cela. Quel affreux vertige ! Cette allée bordée d'herbe taillée, ces deux fosses de sable lisse comme l'épiderme d'une ingénue, cet étang comme le miroir de sa vanité et, au loin, ce tapis vert avec son fanion, comme... comme rien. Tout cela ne pouvait mener qu'à rien. Il était encore temps de renoncer.

Et pourtant, lorsque j'entendis derrière moi les voix d'autres golfeurs, je m'élançai et frappai mon premier coup. La balle prit trop de hauteur et ne retomba pas très loin, dans l'allée toutefois.

* * *

Le vendredi suivant, j'étais sur place bien avant 13 h 10 pour attendre, en sirotant une eau minérale à la terrasse du club-house, l'arrivée du cabriolet noir piloté par la tête jaune pipi. Si, d'aventure, j'avais aperçu Candice, je n'aurais eu qu'à battre en retraite dans les toilettes pour m'éclipser ensuite.

Le hasard était décidément de mon côté. Non seulement pas de Candice, mais pas de partenaire du tout ! Pichette faisait ce qu'il pouvait pour attirer son cercle à Sainte-Aline-des-Lacs, mais ses connaissances trouvaient plus rentable de continuer à jouer dans les golfs prestigieux de la région de Montréal.

Il fallut que je lui rafraîchisse la mémoire pour qu'il me reconnût. Cela fait, il se montra fort cordial ; quand la pêche est mauvaise, on ne lève pas le nez sur le menu fretin. Il s'inquiéta du bandage à mon poignet gauche.

— Une séquelle de l'accident ?

— Oui et non. Effectivement, je m'étais tordu quelque chose, rien de grave, sauf que je n'ai pas fait attention et j'ai aggravé la blessure.

— Et vous jouez quand même ?

— Je ne peux pas m'en passer. C'est sûr que je ne frappe pas aussi fort...

— Ça, c'est un handicap !

— Eh oui ! Mais je trouverais le moyen de jouer même si je me coupais un bras.

— Ne faites pas ça ! Je connais des façons moins radicales de perdre du poids !

Il éclata d'un rire gras. C'était lui, de toute évidence, qui avait besoin de soulager son pèse-personne. Je ris quand même. Il devait chercher depuis longtemps l'occasion de la placer.

J'avais intérêt à m'habituer : Pit Pichette ne supportait pas le silence. Même en jouant, il ne pouvait se contenir. Il haranguait sa balle, l'exhortait, la suppliait, l'invectivait ; il l'insultait si elle lui avait désobéi au coup précédent ou la bécotait affectueusement lorsqu'il la sortait du trou après un long roulé. Vous conviendrez, mon cher Drummond, que le golf met en place les conditions idéales pour permettre aux bavards de propulser leur compagnie aux sommets de l'agacement.

Il me demanda pourquoi je ne l'avais pas appelé quand j'avais constaté ma blessure. Il aurait pu, dit-il, me diriger vers un spécialiste réputé. Je lui répondis que Pétrochimie Nationale mettait à la disposition de ses chimistes une excellente infirmerie. (J'avais gardé le contact avec un ex-collègue qui travaillait désormais chez eux et, au besoin, je pourrais sortir quelque détail qui ferait illusion.)

J'étais assez fier aussi de l'idée de la fausse blessure, qui excuserait mes plus mauvais coups. C'est effrayant de découvrir que l'on peut mentir aussi cffrontément. Qu'importe. Pit Pichette m'offrit de jouer avec lui et de partager sa voiturette personnelle. Il passa sans consultation au tutoiement, et je m'y résignai. Il fallait ce qu'il fallait.

* * *

Ce fut Pichette qui posa le premier sa balle sur le té. Elle portait une marque rouge, une feuille d'érable. La marque du « Pneu canadien » ? Pichette pouffa.

— Tu me prends pour qui ? Regarde un peu.

Il reprit la balle et me la tendit. Elle portait la signature de...

— Jean Chrétien !

— En effet ! Ça ne te dérange pas, mon ami ? (Il appelait n'importe qui « mon ami ».)

— Euh... Non. Pourquoi ?

— Il y a tellement de monde qui le méprise. Tu n'es pas de ceux-là, j'espère !

— Absolument pas, mentis-je encore.

— Content d'entendre ça.

— Il faut comprendre que le scandale des commandites lui a causé beaucoup de tort, ajoutai-je afin de paraître plus crédible.

Il protesta vivement qu'à aucun moment l'ancien premier ministre n'avait été personnellement incriminé. Je ne tenais pas à ce que nous nous étendions sur le sujet, mais j'avais touché un point sensible. Le gros docteur interrompit son coup et, appuyé sur son bâton plutôt que sur les faits, il se lança dans une intarissable miction verbale.

— Chrétien est le plus grand premier ministre de l'histoire.

— Plus grand même que Trudeau ?

— Certainement ! C'est Chrétien qui abattait la grosse besogne pendant que P.E.T. faisait ses finesses. Parce qu'il n'était pas snob, parce qu'il ne reniait pas ses racines populaires, on le faisait passer pour un deux de pique. Et puis, c'est quoi, hein, le scandale des commandites ? Tous les moyens sont bons pour combattre les séparatistes qui, eux autres, ne reculent devant rien pour détruire l'œuvre des pères de la Confédération. D'accord, un peu d'argent a été détourné, mais toujours au profit de bons libéraux fédéralistes ! Enrichir des gens qui ont le cœur et la tête à la bonne place, ça ne peut que profiter tôt ou tard à la nation. Est-ce que ce n'est pas grâce au Parti libéral que le Canada est devenu le meilleur pays du monde ?

— On parle tout de même de millions...

— Bof ! Des *peanuts* comparées aux fortunes dépensées pour entretenir toutes ces associations quêteuses de subventions, ces nids de séparatistes et de socialistes, toujours prêtes à mordre sans vergogne la main qui les nourrit.

J'essayais de sourire.

— Regarde ce magnifique domaine ! Ça, c'est l'exemple d'une bonne utilisation des subventions. Mais il vient à peine d'ouvrir que ça chiale déjà, ça cherche des puces, les maudits journalistes se fourrent le nez partout pour voir si quelqu'un n'aurait pas poussé un peu sur le dossier pour le faire avancer. J'espère bien que quelqu'un a poussé ! Et compte sur moi pour le féliciter.

— Vu sous cet angle...

— Et maintenant, qui est-ce qui arrive les baguettes en l'air ? Les écolos ! Le réchauffement de la planète ! Faut-il être tarte pour prétendre qu'un beau grand espace vert comme ça puisse être mauvais pour quelque chose ? Sais-tu ce qu'il y avait ici avant ? Un marais ! De la vase, de la mauvaise herbe et puis un milliard de mouches noires !

— Et quelques canards, non ?

— Les canards, il me semble que c'est plus agréable de les chasser au bord d'un beau lac que les deux pieds enfoncés dans la «ch'noute», non? C'est beau, la nature, mais c'est comme n'importe quoi, des fois, elle a besoin d'être améliorée. Les entrepreneurs sont là pour ça, et les bons gouvernements aident les bons entrepreneurs.

— Vous êtes membre du Parti libéral?

— D'aucun parti. Mais j'ai des relations. Quand l'histoire des balles de golf est sortie, que plus personne ne voulait toucher à ça, j'ai dit: «Amenez-en, des balles Jean Chrétien, je ne me gênerai pas pour jouer avec, moi!» Et c'est ce que je fais. En veux-tu? Je t'en donne une boîte, tantôt. Mais j'en ai l'exclusivité sur ce terrain, par exemple.

* * *

C'est ainsi que je me suis retrouvé en possession d'une quinzaine de balles de golf portant le paraphe de Jean Chrétien. Je respectai la consigne et ne les utilisai jamais pour jouer avec Pichette. Ce qui ne m'a pas empêché de m'en servir à des fins plus utiles. Mais n'anticipons pas.

* * *

Du jour au lendemain, je devins un partenaire régulier de Pit Pichette. La réputation du golf de Sainte-Aline-des-Lacs tardait à se faire. Nous jouions donc presque toujours seuls.

Tout allait donc comme sur des roulettes en ce qui me concernait. Le chemin se traçait tout seul. J'aurais été drôlement embêté si je m'étais pris de sympathie pour le bonhomme. Mais les probabilités que cela se produisît étaient aussi infimes que celles de voir le chlorure de sodium prendre le goût du sucre, et vice-versa. Ce personnage représentait l'idéal de la répulsion.

D'abord, c'était un mordu de golf, mais dans son cas, cela devenait presque un détail. Il était gros, grossier, commun, trivial, égocentriste, infatué, ignare, emporté, et il avait la mauvaise opinion sur tout. Enfin, tout compte fait, il était un golfeur plus qu'ordinaire, ce qui fit que je n'eus bientôt plus besoin de faux-semblant et que je pus libérer mon poignet du bandage. Si seulement j'avais disposé de plus de force pour mes coups de départ, j'aurais battu Pichette systématiquement, et il s'en fût trouvé fort marri. (Le principe voulant qu'au golf on ne soit en compétition qu'avec soi-même ne semble s'appliquer qu'au golfeur solitaire.)

Mais comment, avec un cerveau tellement primaire, Pierre «Pit» Pichette avait-il pu obtenir un diplôme de médecine ? Le fait qu'il provînt d'une famille de médecins influents n'expliquait pas tout.

D'après ce que j'ai cru comprendre, il avait choisi la spécialité d'urologue parce qu'il y avait de la demande, «et certainement pas par amour des pissettes», plaisantait-il. (La véritable pissette est un appareil de laboratoire, mais ça, il l'ignorait sans doute.)

Il avait séduit une consœur franchement moche mais indispensable à la veille des examens. Il l'avait mariée pour les convenances quand elle était bêtement tombée enceinte. Elle avait fait une fausse couche, au grand soulagement de Pichette. Il vivait toujours avec elle, ce qui ne lui demandait pas trop d'efforts. Elle ne voulait plus d'enfants par crainte des complications et, pour combler le vide, elle travaillait comme une forcenée. On la demandait partout, elle voyageait beaucoup et elle ne réclamait qu'à l'occasion sa gratification conjugale. Et comme elle gagnait beaucoup plus que lui, il jugeait l'union trop rentable pour y mettre un terme.

* * *

— Ta femme, c'est elle qui était avec toi dans la voiture, le matin de notre accrochage? lui demandai-je un beau jour.

— Tu rigoles! s'esclaffa-t-il. Je t'ai dit qu'elle était moche! Non vraiment, ça, c'est autre chose. Ça, mon ami, c'est un bijou de poulette. Mais il ne faut pas que j'en parle trop, ça va me déconcentrer.

Nous étions au deuxième trou, une normale trois. Franchement, le deuxième coup était un coup facile, et je m'apprêtais à envoyer ma balle à la bordure du vert. Sauf que Pichette jouait sans aucune stratégie et frappait invariablement pour le grand coup, « pour la mettre dedans », selon ses propres termes. Son bedon le forçait à décaler un tantinet son élan, et sa balle déviait vers la droite. Trop paresseux pour s'imposer des exercices correctifs, il compensait en visant plus à gauche. La technique fonctionnait parfois, sauf quand il y avait un étang dans le décor. En effet, mon imbuvable partenaire entretenait avec les plans d'eau une relation névrotique : il avait peur de se noyer dans sa baignoire.

Or, justement, il se trouvait un obstacle d'eau devant nous, à gauche. Il s'élança et, fatalement, il ne compensa pas suffisamment. Je discernai même qu'un réflexe de dernier instant lui fit rentrer les poignets. La balle partit donc à droite, où l'attendait une zone herbeuse plantée de jeunes saules qui pleuraient de rire.

Une liste exhaustive des différents termes reliés au culte catholique, dont — vous l'aurez noté, mon cher Drummond — les Québécois font un usage qui leur est propre, s'échappa de la bouche de Pichette.

— Je n'aurais pas dû te parler de cette demoiselle, ça t'a vraiment déconcentré.

— Non, c'est pas ça. T'as pas remarqué ? À chaque maudite fois qu'il y a de l'eau à gauche, je tire trop à droite. Ici, au neuvième et au onzième, l'allée se rétrécit près des étangs ; ça fait que je me retrouve dans cette saleté de foin.

Il partit en grognant, et c'est moi qui dus replacer sa motte.

Il lui fallut quelques minutes pour retrouver sa balle. Il cherchait sans méthode, torturant l'herbe pour lui arracher son secret.

— Elle ne joue pas au golf, la demoiselle ? insistai-je.

— La demoiselle... hé, hé, hé ! Oh oui, elle joue !

Elle est plutôt bonne d'ailleurs, et pas juste pour une fille. Je connais bien des gars qui aimeraient avoir son drive. Et quand elle s'élance, je te jure, il n'y a personne qui regarde ailleurs. Quel cul, mon ami ! Elle est roulée comme une déesse. Il faut la voir se branler les fesses en s'installant. Ouf ! Pas évident de jouer après elle, quand tu as l'impression d'avoir un *wedge* dans les culottes. Mais viens donc en fin de semaine, elle sera là.

— Je travaille ; il y a des expériences qu'on ne peut interrompre.

— Eh bien, dis donc ! C'est pire qu'urgentologue, chimiste !

— Ça me laisse des journées libres en semaine.

— Tant qu'à ça... Mais vendredi en huit, elle tombe en vacances pour deux semaines. J'ai emprunté un chalet au lac Sacacomie. On va venir jouer ici tous les jours.

— Ça tombe mal, moi aussi, je serai en vacances. À l'extérieur.

— Eh bien ! Ça a tout l'air que vous n'êtes pas destinés à vous rencontrer. Tant pis. Tu sais pas ce que tu manques, mon ami. Je ne prétends pas que ce soit une « cent watts », non, loin de là, sauf qu'elle parle peu et qu'elle ne m'assomme pas avec des histoires de bonnes femmes, si tu vois ce que je veux dire. Elle est vendeuse de pilules, ça ne prend pas la tête à Papineau. Je l'aide en douce, je la réfère aux collègues. Non, ça ne m'inquiète pas, elle est folle de moi. Si tu savais comme elle me gâte au lit ! Oh là là ! Je me régale ! Un plat de gourmet !

Ce disant, il passa la langue sur ses lèvres, et je ne pus m'empêcher d'imaginer cet organe blafard parcourant des territoires dont mes papilles avaient dressé la carte avant lui, sur lesquels j'avais hissé mon drapeau et planté ma croix. Et que dire de ce nez ingrat, de ce groin qui devait renifler en grognant le parfum aux subtilités éthérées qui avait changé ma vie ? Et que dire encore de cette panse, de cette cascade de bourrelets, sans doute poilus, écrasant, meurtrissant, offensant les chairs délicates de ma pauvre Candice ?

Ma pauvre Candice. C'était d'elle qu'il parlait avec si peu de considération, le goujat. Je le détestais, je détestais le golf.

Bon, j'admets que, moi non plus, ce n'était pas ses facultés intellectuelles que j'appréciais chez elle. Cela ne m'empêchait pas de la vénérer. Je l'avais traitée avec la déférence que l'on doit à l'œuvre d'un grand maître qu'on aurait le privilège de polir ; j'avais léché son corps comme on lèche un tableau ; sa chair avait été ma voie royale d'accès à l'infinie et mystérieuse beauté de l'Univers. Je ne l'avais pas baisée, je lui avais rendu hommage.

Rien à voir avec ce goinfre qui s'en mettait plein la gueule en bavant !

Oh ! ma pauvre Candice. Elle ne méritait pas cela. Par n'importe quel moyen, je la libérerais des pattes de cet infect prédateur, je l'emmènerais ailleurs, je lui ferais voir le monde ! Je l'aurais fait plus tôt, mais j'avais manqué de temps. Je n'avais pas compris, trop accaparé que j'étais par le déferlement des plaisirs charnels qu'elle me faisait redécouvrir, qu'elle avait besoin de voler vers de nouveaux horizons. C'était pour cela qu'elle était venue à moi, et c'était pour cela aussi qu'elle m'avait quitté, déçue de ne pas avoir trouvé ce qu'elle cherchait. Je ne commettrais pas deux fois la même erreur.

* * *

En attendant, il fallait disposer de Pierre «Pit» Pichette. J'aurais pu lui fracasser le crâne sur-le-champ, à grands coups de bâton jusqu'à ce que mort s'ensuive. Heureusement, ma capacité de réflexion n'avait pas été complètement annihilée. Avant de se rabattre sur la balle afin de l'extirper de l'herbe, Pichette ajouta une dernière phrase, fort inspirante...

— J'ai trouvé la femme idéale, mon ami : une bombe sexuelle doublée d'une golfeuse explosive. Qu'est-ce qu'un gars peut demander de plus ?

* * *

Août arriva, amenant les vacances annoncées. Pas les miennes car, vous l'aurez deviné, j'avais menti à Pichette.

* * *

La période estivale, au cours de laquelle le laboratoire était beaucoup plus tranquille, convenait à la réalisation de mon plan. Je l'avais imaginé et élaboré dans les jours précédents, et on pouvait sans exagérer le qualifier de diabolique.

Sur la recommandation de mon instructeur de golf, j'utilisais des balles à couches multiples, lesquelles avantageraient n'importe quel joueur, à commencer par les débutants. Après tout, le plus vite je terminais le parcours, le plus vite j'étais libéré de ma corvée. C'est un autre paradoxe du golf, mon cher Drummond : le mieux on y joue, le moins on y joue !

Les balles publicitaires de Pichette n'étaient cependant pas de la même qualité, ainsi que me le révéla une dissection méthodique. Elles étaient constituées de deux parties : une enveloppe et un cœur moulé dans un composé verdâtre que je pus facilement analyser.

Je cherchai et trouvai un acide capable de dissoudre ce composé.

J'alignai ensuite une douzaine de balles, gardant les deux dernières en réserve. (La quinzième avait servi à la dissection.) Avec cette minutie propre à ma profession, je pratiquai dans chacune des balles une vingtaine de trous d'une profondeur de trois millimètres — il traîne toutes sortes d'outils dans nos laboratoires. Dans chaque orifice, j'encastrai une charge de plomb préalablement amolli. Le but de cette opération était double : primo, alourdir les balles, deuzio, les truffer de projectiles, certes minuscules, mais aptes à infliger des lésions plus ou moins désastreuses selon leur point d'impact sur un corps donné, en l'occurrence celui de Pichette. Je bouchai ensuite les trous avec une résine blanche. Vous avez été à même de constater, mon cher Drummond, que l'œil d'un golfeur la regardant de haut ne pouvait percevoir aucune trace des modifications effectuées.

Étape suivante : percer à nouveau chaque balle, cette fois d'un fin tunnel menant exactement à son centre, ce qui fut fait sans problème.

Ensuite, l'opération se corsait. Il me fallait injecter de l'acide dans les balles et, par un mouvement rotatif, les agiter doucement de manière que le cœur se dissolve. Cela ne se fit pas en une seule fois. Régulièrement, je récupérais le soluté produit et reprenais le processus. C'est par la mesure du liquide récupéré que je savais quand la cavité avait atteint la dimension voulue.

De la patience, toujours ; la haine est un treillis sur lequel cette vertu prend admirablement.

J'obtins ainsi douze balles au cœur creux. Restait l'étape la plus délicate et la plus périlleuse : les remplir avec de la nitroglycérine. N'essayez pas cela à la maison, mon cher Drummond. Cette huile jaune, constituant essentiel de la dynamite, est des plus imprévisibles et ne devrait être manipulée que par des professionnels, dans des conditions idoines.

La nitroglycérine en place, je bouchai le tunnel avec un ciment utilisé normalement par les dentistes et qui sèche très vite sous une lumière intense. Je procédai enfin au même maquillage qu'avec les autres trous.

Et voilà ! À la fin des deux semaines susmentionnées, je disposais d'un assortiment de mines antigolfeurs de mon invention. Il s'agissait maintenant de les disposer stratégiquement.

* * *

J'avais toujours aussi honte de mon pachydermique véhicule, mais vous ne pouvez savoir à quel point j'appréciais sa douceur de roulement tandis que, deux jours avant le retour de Pichette, je transportais mes insidieux pétards vers le golf de Sainte-Aline-des-Lacs. Je les avais individuellement empaquetés dans de la ouate, car, rappelons-le, la nitroglycérine, dans l'état où je l'utilisais, est un composé extrêmement capricieux.

Pour la même raison avait-on rarement vu un golfeur traîner son chariot avec tant de précautions. Je mis un temps fou à compléter ma ronde, ce qui me mortifia assez car, plus que jamais, je détestais le golf. Quoi qu'il en soit, à la faveur d'une journée où l'on annonçait du mauvais temps, je pus agir sans être inquiété. Je plaçai trois balles dans chacune des zones herbeuses des deuxième, neuvième et onzième trous, ceux qui, à cause des étangs, donnaient tant de tracas à mon Pichette, en prenant soin de mémoriser leur emplacement au décimètre près. J'eus l'air d'un bien piètre joueur, ce jour-là, passant un temps fou à faire semblant de fouiller l'herbe. C'est qu'il fallait tout de même que je songe à la possibilité d'une victime innocente — mais un golfeur est-il jamais innocent ? J'avoue que j'étais tellement obnubilé par ma haine que la sordide éventualité de dommages collatéraux m'émouvait « collatéralement ». À ma décharge, il faut dire que j'avais la sincère conviction que l'affaire serait vite réglée et qu'il me serait facile de détruire les mines inutilisées en les arrosant avec un puissant acide.

Il y a de ces moments où la vie choisit de vous faciliter les choses. Elle me devait bien cela, après m'avoir donné Candice puis me l'avoir reprise. Peut-être quelques difficultés m'eussent-elles permis de recouvrer la raison. Ce ne fut pas le cas. Tant pis pour moi.

Notez qu'il me restait donc trois balles minées, bien en sécurité à la consigne de la gare centrale.

* * *

L'avant-dernier vendredi d'août, je retrouvai mon piètre Pit imbibé d'une barbifiante bonne humeur. Le chalet qu'il avait emprunté était équipé d'une piscine chauffée, au grand plaisir de Candice, pour qui il n'était pas question de mettre un seul de ses délectables orteils dans un lac où barbotaient des bestioles repoussantes et où croissaient des algues reptiliennes. À l'exception des heures consacrées au golf, Pichette avait donc passé son temps allongé sur un transat à se rincer l'œil aux dépens de Candice qui s'ébattait toute nue dans l'onde bleue. Ensuite, il lui faisait, à l'ombre des parasols, des choses que je ne vous dis pas, et de pires encore le soir, sur la peau d'un innocent ours polaire, dans la lumière mordorée d'un feu de foyer dont la brûlure était adoucie par la climatisation. Double horreur !

— Sais-tu, finalement, je pense que je vais divorcer, me confia-t-il. C'est sûr que ça va me coûter un bras, mais avoir à sa disposition une poupoule de ce calibre et ne pas pouvoir en jouir à sa guise, c'est insupportable. Elle est partie au début de la semaine pour un congrès à Vancouver, et je n'en peux déjà plus de l'attendre. Et puis, ma légitime a beau avoir la tête ailleurs, il faut quand même que je trouve des combines pour la déjouer ; c'est fatigant. Au fond, elle ne me rapporte plus grand-chose, maintenant que je suis établi... Sans oublier qu'il faut que je la saute de temps en temps en plus. Avant, je fermais les yeux et je pensais à une autre, mais avec ma Candice, l'écart est impossible à combler.

Sa Candice ! ! ! Au départ, je ne désirais pas nécessairement la mort de Pichette. Un ou deux pieds arrachés auraient très bien fait l'affaire, idéalement combinés au déchiquetage de ses parties génitales. Après tout, j'avais toujours été contre la peine capitale. Confiné à un fauteuil roulant et castré, Pierre « Pit » Pichette aurait peut-être découvert d'autres dimensions de l'existence et, qui sait, apporté à l'humanité un témoignage édifiant.

Mais il dépassa les bornes.

Il venait, rabâchait-il, de passer les vacances de sa vie. Candice, ma Candice, était la femme idéale, celle après laquelle on n'en veut plus d'autre, une machine à susciter le désir et à le satisfaire, un trophée à promener sur un terrain de golf, et tout juste assez niaise pour être drôle !

— Je te montre quelque chose, rien que pour que tu

te fasses une idée. Si jamais tu la rencontres, pas un mot là-dessus, par contre.

Il sortit son téléphone portable, un modèle incorporant une caméra vidéo. Il l'avait filmée à son insu, le mufle.

Il me planta l'appareil sous le nez, et je dus regarder Candice sortir de l'eau, telle une Ève en son Éden, se pencher pour ébouriffer sa chevelure, se redresser vigoureusement, agitant ainsi sa poitrine ferme et forte, puis se saisir d'une serviette pour assécher délicatement les parties de son corps que je préférais toutes, en terminant par sa toison claire de laquelle l'odieux avait saisi un gros plan.

— T'en baves, hein ? Avoue que t'en baves !

Oh oui ! J'en bavais, et j'en rageais. Et là, j'ai lucidement souhaité qu'il crevât, car même si je récupérais Candice, l'idée que cet homme continuât d'exister, même en charpie, m'aurait fait l'effet d'une profanation perpétuelle. Dans le cas d'un cancer, il ne suffit pas de juguler le mal, il faut l'éliminer jusqu'à la dernière cellule.

* * *

Le problème, c'était que ce butor bouclé avait notablement amélioré son jeu, à force de jouer tous les jours, je suppose, ou parce que le bonheur sexuel libère en un mâle des ressources cryptiques. Résultat : au deuxième trou, il s'approcha suffisamment de l'obstacle d'eau pour qu'il n'y ait à peu près aucun risque d'envoyer sa balle dedans, et il évita ainsi mon piège dans l'herbe longue. Même chose au neu-vième.

J'avais réclamé et obtenu l'honneur de jouer le pre-mier, car il était important, pour accomplir mon des-sein, que je précède Pichette sur le parcours. Sauf que là, j'étais franchement découragé. La culture britan-nique du golf, mon cher Drummond, demande que le jeu soit pratiqué avec cette courtoisie flegmatique qui est la carte de visite de vos congénères, et qui ne manque pas de charme. Le comportement de Pichette se situait aux antipodes. Il n'avait cesse de s'excla-mer, de se vanter, de se frapper les pectoraux et de se moquer de moi qui, bouillant d'une rage intérieure, n'avais pas trop la tête au jeu.

* * *

Le vent tourna au onzième trou. La balle de Pichette partit en slice et vola sans escale pour atterrir en plein dans mon petit champ de mines, à un mètre de l'une de mes bombes, qui formaient chacune le sommet d'un triangle d'une vingtaine de mètres carrés.

Pichette aurait pu être frustré de se retrouver en ter-rain difficile, mais la longueur de son coup le com-blait d'une joie tonitruante.

— Je suis trop hot, trop hot ! J'ai fait au moins deux cents verges ! hurlait-il en conduisant la voiturette avec la fébrilité d'un Judah Ben-Hur au Colisée de Rome. Ça ne te dérange pas si on va à ma balle d'abord ? Je ne veux pas perdre le *momentum*.

Cela ne me dérangeait pas, mais alors là, pas du

tout! Dès que je mis pied à terre, je me dirigeai, en faisant semblant de chercher, vers l'une de mes balles piégées, tandis que Pichette commençait à battre l'herbe, inconscient du danger qu'il nous faisait ainsi courir.

— Je l'ai! criai-je.

— Déjà? Quel œil!

— Un œil de chimiste.

Cette dernière réplique n'avait aucun sens, mais Pichette, tout à son enthousiasme, s'installait déjà.

— Tu vas voir comme je vais te sortir de là, ma beauté, lança-t-il à la balle.

Tandis qu'avec ses pieds il aplatissait l'herbe autour de la balle, je m'éloignai discrètement, lui tournai le dos et fermai les yeux en contractant les épaules.

Je m'attendais à un retentissant boum. Il n'y eut qu'un toc feutré. Et puis les cris de Pichette.

— Oh! wow! Oh! wow! Vas-y ma belle, lâche pas!

Je me retournai. Que s'était-il passé? M'étais-je trompé de formule? Est-ce que le titane contenu dans le composé de la balle avait interagi avec la nitroglycérine pour la stabiliser? Je n'avais jamais entendu parler d'une telle possibilité... Avais-je, malgré ma mémoire, retrouvé vraiment sa balle à lui?

Toujours est-il que la balle, comme encouragée par les vociférations puériles de Pichette, tomba à trois mètres du fanion et, après quelques tournoiements erratiques, roula jusqu'au trou et y tomba.

— Yyyyyeeeyes! beugla Pichette. Deux sur une normale quatre! C'est le plus beau coup de ma vie!

Il gambada comme un bouc obèse vers le fanion, en regardant autour de lui à la recherche d'autres témoins que moi, qui retenais mes larmes. Il n'y en avait pas.

* * *

Arrivé au trou, Pichette se laissa choir dans la position d'un pape s'apprêtant à baiser le sol. J'eus l'impression qu'il voulait en effet embrasser le bord de la coupe, ou la pelouse autour. Il saisit vigoureusement le poteau du fanion et le jeta sur le côté.

Peut-être que, ce faisant, il bouscula la balle... Quoi qu'il en soit, c'est au moment où il se penchait un peu plus au-dessus du trou que la nitroglycérine, qui est une substance capricieuse, je vous le rappelle, choisit d'exploser.

Phénomène intéressant, la forme de la coupe agit comme l'âme d'un canon et toute l'énergie de la déflagration jaillit vers le haut. La grosse tête de Pichette, qui se trouvait pile-poil dans la ligne de tir, fut arrachée de son corps. Elle s'éleva de quatre bons mètres en tournoyant, ce qui envoya valser la moumoute, puis retomba en plein sur le trou. Les yeux, demeurés grand ouverts, me fixaient avec un ahurissement compréhensible. La moumoute se posa une seconde plus tard, juste devant le menton, passant ainsi de simulacre de chevelure à celui de barbe. Le crâne chauve était picoté de quelques trous d'où perlaient des gouttes de sang, tandis que le corps décapité vomissait des flots d'hémoglobine par ce qui restait du cou, dessinant une nappe brune sur le gazon vert. La scène, vous avez eu le loisir de le constater, mon cher Drummond, avait quelque chose de cocasse.

Voici l'histoire de ce qui demeurera le meilleur coup de la vie de Pierre «Pit» Pichette, urologue, et, en un sens, mon meilleur coup à moi aussi.

* * *

C'est à ce moment que les choses prirent encore une fois un tour imprévu. Une détonation se fit entendre loin derrière, presque aussitôt suivie d'une autre.

Comme vous le savez, un autre joueur avait perdu sa balle dans la zone piégée du deuxième trou et, en fouillant l'herbe du bout de son bâton pour la retrouver, il avait heurté une balle signée Jean Chrétien qui, celle-là, ne s'était pas fait prier pour exploser. Par bonheur pour lui et pour le fantôme de ma conscience, ce golfeur-là ne subit que des blessures mineures.

Quant à la troisième explosion, qui ne blessa personne, elle se produisit par sympathie, car la nitroglycérine, n'est-ce pas... Enfin, n'insistons pas. L'important, c'est que ces deux déflagrations fortuites convainquirent tout le monde que les pièges visaient l'ensemble des personnalités gravitant autour du golf de Sainte-Aline-des-Lacs, et non Pichette en particulier.

Tout le monde sauf vous, mon cher Drummond.

* * *

Nous voici arrivés au moment de notre première rencontre.

Ainsi que toute personne innocente l'eût fait dans les circonstances, j'ai attendu l'arrivée des ambulances et de la police. J'ai joué de mon mieux le rôle du partenaire stupéfait, incrédule, affligé, consterné, révolté et, surtout, ignorant.

À tous ainsi qu'à vous-même, je me contentai de raconter comment l'incroyable s'était produit: après un superbe aigle au onzième trou, le trou en question avait littéralement explosé au visage du malheureux à l'instant même où il allait récupérer sa balle.

Peut-être ma manière de mentir n'était-elle pas parfaite, car j'ai tout de suite décelé une nuance de scepticisme dans votre attitude. Ce sentiment s'est confirmé quand j'ai sollicité la permission de rentrer chez moi. Je suis presque certain que votre sourcil gauche s'est alors relevé. Je ne voyais pourtant pas ce que cette demande avait de tellement inconvenant. Quoi qu'il en soit, après avoir noté mes coordonnées, vous n'aviez aucun motif de me retenir davantage.

* * *

Je me trouvais donc libéré de la corvée de jouer au golf, du moins tant que je ne jugerais pas le moment venu de reprendre contact avec Candice Groleau. Je dus encore puiser dans mes réserves de patience. J'en profitai pour enfin faire réparer mon mammouth à quatre roues motrices, histoire de ne pas éveiller la curiosité de Candice, qui finirait bien par y monter.

Je tins le coup jusqu'au premier vendredi de septembre. Les vendredis, Candice travaillait d'ordinaire à son bureau. C'est là que je lui téléphonai. Elle me répondit avec un brin de surprise, mais sans hostilité. J'essayais d'avoir l'air détendu et détaché, et l'élimination de Pichette m'y aidait grandement. Elle accepta de casser la croûte en ma compagnie.

* * *

— Tu as l'air fatiguée, lui fis-je gentiment remarquer tandis que nous attendions nos salades, attablés sur une terrasse ensoleillée.

— J'ai eu une fin d'été difficile.

— Vraiment ? Les affaires roulent au ralenti ?

— Non, au contraire. Mais je rentrais à peine d'un gros congrès qu'une nouvelle épouvantable m'est tombée dessus.

— Oh, vraiment ? Quelle nouvelle ?

— Même si le golf ne t'intéresse pas, tu as bien dû entendre parler des attentats de Sainte-Aline-des-Lacs...

— En fait, il faut que tu saches que j'ai changé d'avis sur le golf... Oui, j'ai entendu parler de cette affaire, des attentats. Mais en quoi est-ce que ça t'affecte tellement ?

— Je connaissais le mort. C'était mon nouveau chum, celui qui t'a remplacé.

— Hein ? Jouais-tu avec lui quand...

— Je viens de te dire que j'étais à l'extérieur, mais ça aurait pu. Une question de jours...

— Penses-tu qu'on le visait personnellement?

— Qui sait? Sa femme aurait pu être jalouse, mais elle l'aurait tué bien avant. De toute façon, une femme n'aurait pas fait ça comme ça; elle l'aurait plutôt empoisonné.

— Tu as raison.

— Ça peut m'arriver, parfois.

— Oh! Pardonne-moi, je ne faisais pas d'ironie, je te le jure.

— Mais surtout, reprit-elle après m'avoir jeté un regard qui signifiait qu'elle venait de m'avoir, il n'était pas la seule victime. Il a juste été moins chanceux que l'autre.

— Ils se connaissaient?

— Écoute, la Gendarmerie royale m'a déjà posé toutes les questions possibles, alors hein...

— Excuse-moi encore, j'aurais dû penser que tu as le cœur brisé.

— Bof... Pas tant que ça, je me préparais à le jeter de toute façon.

— Chacun son tour...

— C'était pas la même chose qu'avec toi. Lui, c'était pas vraiment un *kick*, pas un homme intéressant, sauf qu'il pouvait m'aider, et il l'a fait. Mais j'avais plus grand-chose à en tirer. Puis là, il voulait divorcer, alors ça serait devenu compliqué... Non merci.

Refrénant une bouffée d'orgueil suscitée par le compliment implicite, je soupirai.

— J'ai de la misère à te comprendre, Candice...

— Juge-moi pas, O.K.!

— Loin de moi cette idée ! Mais puisque tu m'en parles si librement... En tout cas, moi, je n'avais rien à t'apporter.

— Toi, c'était différent, je te l'ai déjà dit. Et puis, tu m'avais quand même sauvé la vie.

— Oh voyons ! Personne n'est mort, dans ce magasin.

— Tu m'as au moins éloignée du danger.

— Il fallait que je m'éloigne aussi, et je n'étais quand même pas pour te planter là, j'ai reçu une bonne éducation !

Elle sourit, et il devenait évident que ça ne lui était pas arrivé depuis un moment.

— En tout cas. Si je suis allée avec toi, c'est parce que j'avais jamais rencontré un gars de même avant. T'avais pas d'intention, rien derrière la tête. Tu es supérieurement intelligent, mais tellement innocent en même temps...

Je me suis demandé si ce n'était pas elle qui faisait de l'ironie, tout à coup.

— Merci pour l'innocence.

— C'est peut-être pas le bon mot, mais avec moi, tu étais comme un petit gars qui mange de la confiture aux fraises avec une cuiller puis qui comprend pas comment ça se fait qu'il a le droit. J'avais l'impression d'être un cadeau, et j'aimais ça.

— Alors pourquoi...

— ... je t'ai quitté ? Écoute, je suis dinde, mais pas assez pour pas comprendre qu'un cerveau dans ton genre va se tanner bien vite de vivre avec une nounoune.

— Voyons donc...

— Fatigue-toi pas à essayer de me faire croire que je ne suis pas ce que je suis, je me connais. Je ne me fais pas d'illusions. Toi, tu inventes des médicaments, moi, je les vends. Et ce n'est pas parce que je sais vraiment démontrer pourquoi nos produits sont les meilleurs que je réussis ; mes PowerPoint à moi, c'est mes tétons.

— Tes... ta poitrine, oui, j'admets qu'elle puisse arrondir les angles... Mais tu vends aussi à des femmes, non ?

— Avec les femmes, je la joue plus sobre. Je commence par me plaindre du harcèlement des hommes, à moins qu'elles soient lesbiennes, évidemment.

— Parce que tu... ?

— Pourquoi pas ? Mais prends-moi pas pour une pute ! J'aime le sexe comme j'aime le golf, même si j'en profite pour améliorer mes affaires.

J'étais rassuré...

— N'empêche que tu peux pas savoir ce que c'est que d'être une fille comme moi : une gourde avec un cul de la mort.

— Oh, Candice ! Dinde, nounoune, gourde... En tout cas, tu as du vocabulaire.

— On ne s'est pas gêné pour me l'apprendre. Me croiras-tu si je te dis que tu es le premier gars de ma vie chez qui je n'ai pas senti de mépris ? Déjà, à mon premier amour, quand j'avais quatorze ans... Un gars tellement gentil, attentionné, qui me bourrait le cœur de petits mots doux... Je pensais qu'on était partis pour une grande histoire, jusqu'au jour où je l'ai entendu réclamer à ses amis l'argent de la gageure qu'il avait prise de me sauter... Non, quand on est trop agui-chante, il faut être super intelligente ou s'arranger pour jouer dans *Virginie* si on a un peu de talent, mais il ne faut surtout pas espérer fonder une famille avec un bon gars qui nous aime et qui a du cœur au ventre.

— Pourquoi pas ?

— D'abord, parce que les bons gars, ils s'essaient même pas.

— Tu exagères...

— J'ai été déçue une fois et ça m'a suffi. Autant tirer profit de mes atouts. Je traite les hommes comme ils me traitent. Ils pensent qu'ils se servent de moi, mais c'est moi qui me sers d'eux. Et c'est toujours moi qui casse. Il n'y a que mon gros Pichette qui a échappé à l'éjection...

— Si je te suis bien, tu n'iras pas déposer de fleurs sur sa tombe.

— Si tu savais ce qu'il m'a fait...

— Veux-tu me le dire ?

— Il m'a filmée en cachette sur son téléphone cel-lulaire, toute nue ! De quoi tu penses que j'avais l'air quand la police a débarqué chez nous ?

— Ça, c'est vraiment dégueulasse. J'espère qu'il ne t'a pas mise sur Internet...

— J'ai vérifié, tu penses. Non, lui, c'était plutôt le genre à montrer ça en personne, pour faire baver ses fameuses « relations ». Par contre, je suis pas sûre de pouvoir faire confiance à la police. Me comprends-tu mieux, maintenant ?

— Je commence.

— Parlons donc de choses plus agréables. Est-ce

que j'ai bien entendu, tantôt : tu as commencé à t'intéresser au golf ?

— Eh bien, oui ! Non seulement à m'y intéresser, mais à y jouer !

— Ça parle au diable ! Qu'est-ce qui t'est arrivé ?

— Toi.

— Moi ?

— Oui. Ça m'a fait un choc quand tu as... cassé. Il faut dire que tu as fait ça à la hache plutôt qu'au bistouri.

— C'est ma manière. Ça donne rien de lambiner dans ces affaires-là.

— J'ai constaté. Bref, il fallait que je fasse quelque chose de différent pour m'en sortir, et comme je pensais sans cesse à toi, j'ai pensé au golf.

— Et tu aimes ça ?

— Ouais !

— Pas étonnant : l'essayer, c'est l'adopter, c'est connu. Eh bien, moi, j'ai pas joué depuis la mort de l'autre. Pas capable. Aussitôt que j'approche de mon sac, j'ai des sueurs froides rien qu'à penser que j'aurais pu sauter sur une mine. Mais qui a pu être assez malade pour faire une chose pareille ? Des fanatiques ?

— Je n'en sais rien. Mais, écoute, si tu veux, on peut essayer de jouer une petite partie ensemble. Je me débrouille pas mal, tu sais. J'ai suivi un cours. Et puis, si un malaise te prend, je serai là pour te changer les idées.

— T'en n'aurais pas une derrière la tête, toi, par hasard, une idée ?

— Une idée ? De quel genre ?

— Hé ! C'est moi la dinde. Fais pas l'hypocrite, ça te va mal.

— D'accord. Sincèrement, je t'invite à jouer au golf, rien d'autre. Si jamais je pense à autre chose, je te ferai une franche proposition.

— Donne-toi même pas la peine d'y penser, ça va être plus simple. Mais j'accepte.

— Marché conclu. Demain ?

—Je trouve un terrain et je m'occupe des réservations. Je te laisse un mémo pour l'heure, avant quatre heures.

* * *

J'avais le nez fin, mais long. Cela n'était ni gracieux, ni pratique ; cela était très sensible et demandait un entretien constant. En contrepartie, on oublie tous les inconvénients d'un tel appendice lorsque, alors que le soleil d'un midi de septembre taillade les rideaux, on a la chance de pouvoir l'enfouir dans le sillon mammaire d'une Candice Groleau. Ah ! Comment vous décrire, mon cher Drummond, l'apothéose de bien-être à laquelle une telle posture vous élève ? Candice avait toujours le même parfum, qui semblait greffé à sa personne. J'ignorais où et quand elle s'en aspergeait. Était-il possible qu'une femme sentît si bon par le simple effet de ses glandes ? Était-ce par déformation professionnelle que j'avais attribué cette fragrance à un produit artificiel ? Vous lui poserez la question, si vous tenez à le savoir. Pour ma part, je souhaitais que le charme de ce mystère perdurât jusqu'à mon dernier souffle. Ce souhait sera exaucé sous peu.

C'était dimanche matin. La veille, comme convenu, nous avions joué au golf, et je n'avais pas eu besoin de lui faire de proposition. Candice m'avait convié à prendre un verre au moment de la déposer chez elle. Je n'avais pas bu deux gorgées qu'elle était montée à l'assaut de ma personne avec une détermination boulimique, je dirais presque une rage qui ne s'était apaisée qu'au cœur de la nuit. Jamais je n'aurais imaginé qu'elle pût surpasser le souvenir encore frais que j'avais de ses talents charnels.

Bien que je ne m'en plaignisse aucunement, je m'expliquais mal une telle performance. Au moment d'écrire ces lignes, j'inclinerais à penser que c'était le fait d'avoir senti la mort à proximité qui avait fait exploser sa libido, déjà explosive, comme le disait un certain drôle.

J'avais moi-même l'impression de revenir à la vie, mais pour d'autres raisons. Pichette me semblait n'avoir existé que dans une autre dimension. Sexe et triomphe font très bon ménage, je vous l'assure. Et je triomphais au-delà de mes espérances. Un moment parfait.

* * *

Les choses commencèrent à se gâter après le petit-déjeuner, que j'avais ingénieusement confectionné à même le parcimonieux contenu du frigo de Candice.

Pendant qu'elle rangeait, je me collai contre son dos.

— T'as vu le temps qu'il fait, mon Dédé? dit-elle alors que mon érection prenait racine.

— Magnifique...

— Et tu sais qu'il passe midi?

— Mmoui...

— Ça ne nous laisse pas grand temps.

Mes ardeurs refroidirent. Je craignais de comprendre où elle voulait en venir. Elle poursuivit.

— Il faut appeler tout de suite si on veut avoir la chance d'obtenir un départ quelque part.

— On a joué hier!

— On a fait l'amour aussi, hier. Puis on va avoir tout l'hiver pour baiser, tandis que les belles journées de golf vont se faire de plus en plus rares.

Et Candice se mit au téléphone. Elle ne trouva pas plus proche que Granby, et il fallut partir sans délai.

Le soir, je suis rentré chez moi. Je travaillais le lendemain et je considérais qu'il était prématuré de lui proposer mon lit.

* * *

Et c'est ce lundi matin, justement, que vous m'avez téléphoné pour la première fois.

* * *

— J'aurais quelques autres questions de routine à vous poser, monsieur Dupré-Dumont.

Je vous entends comme si c'était hier, et pourtant, c'était il y a plusieurs mois déjà.

Je ne fus pas tellement surpris. Vous m'aviez prévenu que vous me contacteriez probablement, sauf que je m'étais attendu à ce que cela arrivât plus tôt, et notre affaire avait en quelque sorte été évincée de ma tête, vous savez par quoi.

— Je vous écoute.

— Allons donc, monsieur Dupré-Dumont, vous devez savoir qu'aucun enquêteur sérieux ne pose ses questions au téléphone. D'ailleurs, cela risque de prendre un moment. Vous pouvez sûrement nous aider, même sans le savoir, à éclaircir plusieurs détails de cette confusionnante affaire.

— Confondante, monsieur l'inspecteur, on dit « confondante ».

— Ah merci ! N'hésitez pas à me corriger, cela m'est très utile. Et, correction pour correction, appelez-moi donc sergent, ou simplement monsieur, on peut se le permettre, entre hommes de bonne société et amateurs de golf.

— Je ferai tout ça avec plaisir. Je peux me rendre à votre bureau en fin de journée.

— Vous avez vu le temps qu'il fait ?

— Magnifique.

— On peut s'arranger pour joindre l'utile à l'agréable. Ce serait plus sympathique de discuter de tout ça à la faveur d'une petite partie, non ?

— Euh... Ce serait une bonne idée en effet, si je ne travaillais pas.

— Vous avez joué presque tous les lundis et vendredis de l'été.

— C'était l'été, justement.

— Or l'été se termine le 21 septembre.

Un officier de police possède un pouvoir de conviction immanent. Nous nous sommes donc donné rendez-vous au club de golf de Beaconsfield, dans vos terres, en quelque sorte, puisque le *West-Island*, c'est quasiment l'Angleterre.

* * *

D'ailleurs, par notre allure, nous évoquions quelque peu le fameux duo de votre littérature nationale, vous, trapu et moustachu, en docteur Watson, et moi, grand et élancé, en Sherlock Holmes.

Admettez, mon cher Drummond, que vous avez fait exprès de jouer en deçà de vos possibilités jusqu'au quinzième trou. Vous vouliez me donner l'illusion que je conservais quelque chance de vous devancer malgré mon jeu maladroit qui, lui, n'était pas feint.

Déjà avant le départ, tout en vous livrant à des étirements musculaires comiques et d'une utilité indéterminée, vous m'avez déstabilisé.

— La première raison pour laquelle je vous ai téléphoné, monsieur Dupré-Dumont, c'était pour vérifier lesquelles de vos coordonnées étaient les bonnes : celles que vous m'aviez données, ou celles qui figurent sur votre fiche d'inscription au club de Sainte-Aline-des-Lacs. Maintenant que j'ai obtenu la réponse, une deuxième question s'impose : pourquoi avez-vous menti ?

J'avais oublié ce détail. Je l'avais fait pour empêcher Pichette de découvrir mes coordonnées. J'ai accusé le coup.

— Ce n'est que ça ? Voyez-vous, je ne supporte pas la sollicitation téléphonique, le courrier publicitaire et les démarcheurs de toute sorte, alors je ne donne de renseignements personnels que lorsque c'est strictement nécessaire.

Et ce n'était pas tout à fait faux, sauf que j'ai senti que mon improvisation ne vous avait pas convaincu.

Sur le sentier menant au second tertre de départ, vous m'avez à nouveau ébranlé en me demandant pourquoi, tout d'un coup, j'avais décidé de me procurer un énorme quatre-quatre, alors que, selon les registres du bureau d'immatriculation, je n'avais jamais possédé de voiture auparavant. Je ne m'attendais pas à ce que vous soyez déjà allé chercher si loin.

— Simple enquête de routine, m'avez-vous expliqué. J'ai fait procéder à l'inventaire de tous les véhicules qui se trouvaient dans le parking. Or, je n'aurais pas spontanément associé celui-là à votre personne.

— Je n'avais pas de voiture avant parce que je ne jouais pas au golf, simplement. Et pourquoi celui-là ? Parce que je me suis laissé convaincre par le vendeur, qui m'a fait valoir qu'une grosse machine de ce genre est idéale pour quelqu'un qui conduit peu, vu le sentiment de sécurité et la vision étendue qu'elle procure. Et c'est vrai. Bien sûr, je ne l'utilise pas pour de courts trajets, comme pour me rendre au travail, par exemple.

Les choses ne s'arrangèrent pas au début du troisième trou, où je fendis l'air à deux reprises, ce qui ne m'arrive jamais. On ne rate la balle que pour des raisons mentales. Il y a si peu d'action au golf que la psychologie prend une place énorme. Ce jour-là, elle était de votre bord.

— Détendez-vous, nous jouons pour le plaisir, m'avez-vous encouragé, non sans un sourire narquois.

* * *

Je crois en effet que vous vous amusiez. Pas moi. Je détestais le golf. À plus forte raison lorsqu'il était combiné à un interrogatoire de police !

Vous m'avez laissé souffler un peu avant de lancer un autre harpon.

— D'après les analyses scientifiques, dont vous serez le dernier à douter, je présume, les explosions ont été causées par des balles de golf remplies de nitroglycérine.

— J'ai lu ça dans les journaux, oui...

— Ce n'est pas tout. Tenez-vous bien : c'étaient des balles signées Jean Chrétien.

— Incroyable !

J'étais conscient, en prononçant ces mots, que vous fixiez sur ma physionomie un scanneur intérieur afin d'évaluer la sincérité de mon étonnement. J'ai fait de mon mieux, compte tenu de l'état d'impréparation dans lequel je me trouvais. J'ai choisi le mode sobre. J'ai haussé un sourcil.

— Je vous l'aurais dit si vous me l'aviez demandé, ça vous aurait épargné du travail : Pichette ne jouait qu'avec ces balles-là.

— Nous le savions. Il reste à vérifier si c'étaient exclusivement ces balles qui étaient minées. Pour moi, c'est évident, surtout qu'on en a trouvé six, ailleurs sur le terrain, toujours dissimulées dans les hautes herbes.

— Vous avez ratissé tout le golf !

— Il le fallait bien, pour éviter d'autres victimes innocentes. Le coupable, car selon moi il n'y en a qu'un, semble absolument dépourvu de scrupules.

Je me suis retenu de protester. J'espère, mon cher Drummond, qu'à ce stade de votre lecture vous avez nuancé cette impression. J'en ai, des scrupules... d'un autre ordre, toutefois.

— Surtout que, étant chimiste, vous savez à quel point la nitroglycérine est une substance capricieuse.

En effet. Et le golf n'est pas sans caprices non plus. Au coup suivant, ma balle s'est noyée dans un étang. Vous en avez profité pour préciser que vous n'aviez pas encore fait vider les obstacles d'eau, mais que vous ne pensiez pas que ce fût chose utile. Pour quelle raison, diable, le coupable aurait-il placé des balles dans l'eau, alors que son intention évidente était qu'elles fussent frappées ?

Puis, jusqu'au cinquième trou, vous ne m'avez parlé que du golf et de l'Angleterre, deux sujets auxquels je feignis de m'intéresser. Vous attendiez sans doute que je relance le sujet, ce que je n'ai pas tardé à faire.

— Mais enfin ! Pourquoi toutes ces investigations sur moi ? Vous ne me soupçonnez quand même pas ? me suis-je indigné.

Vous avez souri, pas dupe pour un shilling.

— En vérité, quand on n'a aucun suspect, n'importe qui le devient. Vous êtes chimiste, et vous arrivez de nulle part. Dans l'entourage de Pichette, personne n'a entendu parler de vous, si ce n'est quelques relations qui vous ont croisé sur le parcours de Sainte-Aline-des-Lacs.

— Écoutez, j'ai rencontré ce pauvre Pichette par hasard au début de l'été, à la suite d'un petit accrochage que nous avons eu sur la rue du Bord-de-l'Eau, à Longueuil, rien de grave. Sa voiture n'avait subi aucun dommage, mais la mienne en portait encore les traces il y a quinze jours.

— Oui, le pare-chocs éraflé et déboîté du côté du conducteur...

Décidément, j'étais placé plus haut encore que je ne le croyais dans l'échelle de votre suspicion. Cela affecta d'autant ma contenance.

— Pichette se sentait responsable. Il s'en allait justement jouer à Sainte-Aline-des-Lacs au moment de l'accident, et il m'a offert une entrée de faveur. C'est comme ça qu'on s'y est retrouvés, et puisqu'on jouait les mêmes jours, on est devenus des partenaires. Je n'en ai pas d'autre, vous savez. Je suis un ours qui sort rarement de sa grotte. On ne se fréquentait pas du tout autrement, et je ne sais à peu près rien de lui. Alors pourquoi en aurais-je voulu à sa vie ?

— Ah ! le mobile. C'est la grande question. N'oublions pas cependant qu'il y a eu deux victimes. Le fait que l'une ait trépassé et l'autre non ne prouve pas qu'il y ait eu une hiérarchie entre elles. Pichette n'a peut-être été que le plus malchanceux. Ce n'était pas nécessairement lui qu'on visait. Peut-être pas l'autre non plus.

— Qui, alors ?

— Toute personne susceptible de jouer avec des balles signées Jean Chrétien. Et pourquoi pas Jean Chrétien lui-même ?

— Est-ce qu'il joue à Sainte-Aline-des-Lacs ?

— Si oui, il faudrait employer l'imparfait. Le domaine est fermé depuis la tragédie. D'ailleurs, c'était peut-être ça, le but recherché : la faillite du projet. Mais votre ex-*prime minister* aurait fatalement fini par y mettre les pieds, car les promoteurs sont des gens qui, disons, se réclament de sa lignée politique. Reste à savoir si c'était vraiment le cas ou si on ne se servait pas plutôt du charisme de son nom. Pichette, par exemple, ne lui aura jamais serré la main qu'une ou deux fois.

Nous en sommes restés là jusqu'au douzième trou.

— Vous souvenez-vous de la date de cet accrochage avec Pichette ?

— De la date, non, mais c'était un samedi... Le premier samedi de juin, sinon le deuxième, le matin.

— Le samedi. À Longueuil. Ça colle.

— À quoi ?

— La fin de semaine, il jouait toujours avec sa maîtresse, qui habite Longueuil. Peut-être vous l'a-t-il présentée ?

Ai-je laissé paraître mon émoi ? Je me rendais compte tout à coup qu'il aurait suffi de presque rien pour que vous fassiez le lien. Heureusement, Candice et moi avions de nouveau spontanément convenu d'éviter d'étaler notre relation.

— Je ne me souviens pas d'une seule femme à qui il ait parlé en ma présence. Je croyais qu'il était de ceux qui considèrent que le golf doit se jouer entre hommes.

— Le genre «*Gentlemen Only Ladies Forbidden*»?

— Amusant!

— Classique. Mais je suis étonné qu'il ne vous ait pas parlé de sa maîtresse. Tout le monde était au courant, sauf son épouse, *as it ought to be*.

— Vous savez, ce n'est pas tellement mon genre d'écouter un gars se vanter de ses histoires de femmes. Au golf comme dans toutes mes activités, j'essaie d'être tout entier dans le moment présent. Je fais un spécial pour vous, cet après-midi, et vous constatez que ma performance laisse à désirer.

— En vérité, c'est fort aimable à vous d'avoir accepté mon invitation.

— Pourquoi aurais-je refusé? Je n'ai rien à me reprocher.

— Justement.

Vous aviez le don de terminer chaque échange par une réplique ambiguë, avant de vous concentrer sur votre prochain coup.

Tandis que nous nous dirigions vers le quinzième trou, vous m'avez demandé s'il n'y avait pas eu de témoin de notre accrochage. Je vous ai alors raconté comment les choses s'étaient passées: en réalité, nos véhicules ne s'étaient pas touchés. Je n'avais eu aucune raison de noter le numéro de plaque de la voiture qui avait forcé Pichette à freiner brusquement. J'avais parlé sur un ton agacé.

— Il reste que c'est étonnant, non, cette passion subite pour le golf ?

— Pas si subite, quand même. J'y ai joué étant jeune. Je m'en suis désintéressé au profit de la randonnée en pleine nature mais, avec l'âge, je crois bon de renouer avec des activités moins exigeantes.

Vous n'avez plus contre-attaqué sur le parcours, sinon en alignant une série de coups qui m'ont enlevé tout espoir de vous rattraper.

Bon prince, vous m'avez offert un gin tonic au club-house. Et c'est là que vous m'avez demandé si j'étais séparatiste. En fait, vous ne me l'avez pas demandé, vous l'avez suggéré.

— Moi ? Qu'est-ce qui vous fait croire ça ? Non, je ne m'intéresse pas à la politique. Quel rapport ?

— J'ai fait mes devoirs avant de venir au Québec, et vous correspondez presque en tous points au profil du séparatiste.

— Bien heureux de l'apprendre !

— Et peut-être du marxiste...

— Oh, marxiste ! Alors là, expliquez-moi...

— Souvenir de jeunesse ! À l'université, nous avions quelques marxistes, peut-être pas très rigoureux, mais qui se plaisaient à ajouter des terminaisons vaguement russes à la fin de leurs noms.

— Je ne vous suis toujours pas.

— Dumovitch, vous connaissez ?

— Ah, ça ! C'est... c'est... une blague de Pichette. Il disait que Dupré-Dumont, ça ne faisait pas sérieux pour un génie... Oh! n'allez pas croire que j'appliquerais jamais le mot «génie» à ma modeste personne! Mais pour Pichette, science et génie s'amalgamaient, et cela illustre bien la vision simpliste qu'il avait du monde. Il placotait sans cesse, vous savez.

— Placotait?

— C'est un canadianisme pour bavarder.

— Ah! Chouette! Merci pour le mot... Mais dans ce cas, il n'aurait pas été mon genre de partenaire.

— Moi non plus, surtout qu'il tenait mordicus à la voiturette. En vérité, j'avais l'intention de m'organiser pour l'éviter, la saison prochaine.

Vous avez sourcillé.

— Mais pas au point de le dynamiter!

— C'est à voir... C'est sérieux, le golf!

— Quand même...

— Je plaisantais. Mais revenons à notre affaire...

— «Notre» affaire!

— La signature de Jean Chrétien, sur les fameuses balles, est en quelque sorte celle de ses ennemis. C'est tellement vrai, mon cher, que votre GRC est sur le point d'accaparer le dossier. Ça devient une affaire d'État. Avec la CIA, ils vont passer au peigne fin tous les réseaux de terroristes, réels ou supposés. Vous serez donc vite oublié, mon cher. Tout au plus vous demandera-t-on de prévenir avant de quitter le pays, car vous n'avez jamais eu la moindre fréquentation terroriste, j'en suis sûr.

— Merci...

— Et vous pourriez dormir sur vos deux oreilles... si ce n'était de moi.

— Mais enfin...

Vous avez alors levé votre verre, comme pour un toast.

— Désolé, mon cher Dupré-Dumont ! Je vous tiens non seulement pour le premier suspect, mais pour le coupable. Je le sens, et je n'ai pas grand mérite : vous êtes un piètre dissimulateur.

— Encore une fois, pourquoi ?

— Eh oui ! Pourquoi un chimiste sans histoire s'est-il embarqué dans un tel complot ? Si j'avais la réponse, vous auriez les menottes aux poignets. Si je sentais un tant soit peu de vénalité chez vous, je croirais qu'on vous a payé. Ce n'est pas le cas. Vous êtes visiblement imperméable à la passion. Pourtant, quelque chose a changé. D'abord, ce réveil du golfeur en vous, l'acquisition de ce véhicule qui ne vous ressemble pas... Et puis, j'ai pu parler à votre directeur, trop brièvement, il est vrai — car je ne suis d'une certaine manière qu'un touriste ici —, et j'ai appris que vous êtes irréprochable, mais guère sociable, plutôt secret...

— Je ne m'en cache pas !

Vous avez souri.

— Hum ! Très amusant... Mais, à ce qu'on m'a dit, peut-être êtes-vous aussi un peu distrait depuis quelque temps...

J'ai rougi.

— Je trouve que vous êtes allé un peu loin.

— Il y a eu mort d'homme. Et je suis policier. Mais permettez-moi d'exposer mon hypothèse. Vous avez dernièrement ressenti une sorte de vide dans votre vie. À notre âge, c'est courant. Vous vous êtes remis au golf pour chasser vos coups de blues, et le hasard vous a amené à rencontrer Pichette et ses balles Jean Chrétien. Et là, vous avez vu la possibilité d'un acte extraordinaire, d'un accomplissement digne de votre génie — car je n'achète pas votre fausse modestie. Vous avez décidé de vous changer en justicier et de venger les échecs référendaires !

— Rien que ça ? Pourquoi pas aussi détruire le monde ? Je me vois bien dans le personnage du savant diabolique, échafaudant de noirs desseins au fond de sa crypte. Si ça vous amuse de faire des hypothèses... Cela dit, oui, c'est vrai, je ne croyais pas qu'on l'aurait noté, mais j'avais moins la tête au travail cet été. La raison est des plus simples : la piqûre ! La piqûre du golf ! Actuellement, des multitudes de golfeurs, dans tous les bureaux d'Amérique, ne s'intéressent plus à leur tâche et n'attendent que le moment de la libération pour saisir leurs bâtons. Votre présence ici est d'ailleurs une illustration remarquable de ce phénomène. Sauf que moi, je ne peux pas combiner golf et travail. Et, tenez, soyez franc : vos prétendus soupçons ne seraient-ils pas un simple prétexte pour jouer pendant votre service ?

Vous avez discrètement applaudi.

— Bravo, excellente tentative de revirement. Mais je suis en congé. En vérité, vous auriez tout à fait pu refuser de me parler, car on nous a déjà retiré l'affaire. Vous pourriez même porter plainte.

— Ah bon ! Et pourquoi ne le ferais-je pas ?

— Parce que ce n'est pas votre genre...

— C'est vrai.

— ... et surtout parce que vous êtes coupable. Vous n'avez pas intérêt à faire de vagues.

— Je constate que rien ne pourrait vous faire changer d'avis, sinon que la GRC éclaircisse l'affaire.

Vous vous êtes gaussé en faisant mine de vous étouffer. On aurait pu croire que vous doutiez des capacités de notre police nationale. J'ai tenté un autre revirement.

— Vous rendez-vous compte que j'aurais pu être une victime, moi aussi ? Pichette m'a souvent offert ses fameuses balles.

— Pourquoi les avez-vous refusées ?

— Question de qualité.

— Alors ça, c'est une défense inattaquable ! avez-vous répliqué avec un clin d'œil avant de vider votre verre.

Après quoi, vous avez ajouté :

— Je ne pourrai plus enquêter sur vous, mon cher Dupré-Dumont, mais mon droit de réfléchir est inaliénable, et si je trouve un nouvel élément, on rouvrira votre dossier.

— Inaliénable surtout est votre droit de rêver !

— Par ailleurs, tout ça ne devrait pas nous empêcher de faire ensemble d'autres parties, n'est-ce pas ? Très sincèrement, je crois qu'à titre de golfeurs, nous sommes faits l'un pour l'autre. Et qui sait si, au détour d'une conversation, vous ne serez pas saisi du besoin de me faire des aveux ?

— Pour que cela arrive, il faudrait que je mente.

Eh bien ! mon cher Drummond, il aura fallu du temps, mais ces aveux, vous les tenez, finalement !

* * *

Maintenant, peut-être voudrez-vous savoir ce qui m'a poussé à rédiger cette confession, alors que mai s'apprête à reverdir les terrains de golf et que la sève déferle dans les membres des joueurs et des joueuses ?

C'est que j'ai décidé de mettre fin à mes jours. Je ne saurai jamais quelle aura été votre réaction en apprenant mon décès par explosion, au club Les Chênes, auquel Candice nous a abonnés.

Vous vous souvenez sans doute qu'il me restait trois balles trafiquées. J'ai profité d'un voyage d'affaires de Candice pour aller disposer un dernier piège, à mon intention cette fois. Il est bien dissimulé, et je ne crains pas un incident semblable à celui du deuxième trou de Sainte-Aline-des-Lacs. Après tout, je ne suis pas un tueur en série.

Pour être bien sûr que Candice ne fasse pas le rapprochement, j'ai travesti, avec un peu de peinture, les balles Jean Chrétien en balles de notre marque habituelle.

J'ai bien pensé vous laisser dans l'ignorance. Vous auriez sans doute été amusé de regarder la GRC se dépêtrer pour faire cadrer ce nouvel événement avec sa théorie de réseau terroriste. Mais c'eût été manquer de fair-play. Et puis, cette pauvre Candice aurait eu à en subir les contrecoups. Peut-être même l'aurait-on soupçonnée. Elle ne mérite pas ça, d'autant plus qu'elle aura déjà eu à subir un spectacle éprouvant. J'aurais pu, bien sûr, faire ça en son absence, mais il me semble que le deuil se fera mieux ainsi. Je vous demande, mon cher Drummond, d'user de tous vos moyens pour qu'elle ne prenne jamais connaissance de cette confession.

* * *

Voici enfin ce qui motive mon suicide.

C'est que, ironie du sort, Candice a changé. La première preuve en est bien que nous ayons entrepris des démarches en vue de nous marier. Nous avons acquis conjointement une jolie maison, dans laquelle elle emménagera peut-être, seule, dans quelques semaines, si elle n'en dispose pas autrement. Je l'ai désignée comme ma légataire universelle, elle touchera une belle somme. Il ne manquerait plus qu'elle fût enceinte, mais cela n'était prévu que pour la prochaine année.

Il semble que l'épisode Pichette ait été un moment charnière de son existence, au-delà duquel elle est passée dans un autre âge. Elle a ressenti tout d'un coup un besoin viscéral de stabilité et une aspiration incoercible à construire quelque chose de plus grand qu'elle-même. Il lui est apparu que je convenais à ce projet.

Elle suppose que, ne disant mot, je consens. C'est mal me connaître. L'extraordinaire détermination dont j'ai fait preuve dans l'élimination de Pichette ne reflète aucunement mon caractère habituel. C'était un moment de dérèglement biochimique, la conséquence d'une surproduction de testostérone provoquée par

Candice Groleau. Dans mon état normal, je suis plutôt porté à laisser faire, et c'est pourquoi, je pense, j'ai évité toute ma vie les décisions dramatiques. La conclusion de ma relation avec Charlotte Chalifoux-Chouinard était, à cet égard, parfaitement cohérente. Vous comprendrez donc que la vie de père de famille m'apparaît on ne peut plus rébarbative, pour ne pas dire effrayante.

Si je me suis laissé prendre dans l'engrenage des nouveaux rêves de Candice, c'est qu'il m'a fallu un bon moment pour comprendre qu'elle avait véritablement changé et que, entre autres, les promesses de fornication torride que je m'étais faites ne seraient pas tenues. La nuit d'amour qui suivit nos retrouvailles fut la dernière digne de ce nom. Les autres se sont espacées, progressivement réduites à des séances d'entraînement pour le moment béni où nous allions enfin procréer. Candice avait consommé le capital, appréciable il est vrai, de désir que la nature lui avait octroyé. Si j'en étais si malheureux, ce n'était cependant pas à cause de la privation.

Il se produisit plutôt un phénomène analogue à celui qui était survenu au départ de Charlotte. Dès que j'ai senti que Candice n'avait plus de désir pour moi, je me suis désintéressé de la chose, comme un orignal oublie l'existence des femelles quand passe la saison des amours.

J'aurais dû rompre, sauf que je ne sais pas comment on fait cela. Et puis, j'aurais blessé Candice. Pourtant, vous l'aurez remarqué, je suis plutôt misanthrope. La morale dont j'ai toujours fait preuve, je crois, à l'égard de notre planète, je ne l'ai guère appliquée à mes relations avec mes semblables. Encore aujourd'hui, je n'éprouve aucun remords d'avoir assassiné Pichette. Mais Candice...

Comment pourrais-je révéler à Candice que, au bout du compte, je ne suis pas différent des autres, que pour moi aussi elle n'aura été qu'un trophée de chasse ? Car dans son esprit peu enclin aux sophistications, elle ne verrait pas autre chose. Et, en vérité, je n'oserais dire qu'elle aurait tout à fait tort.

C'est paradoxal, je sais, mais je n'aurais pu vivre avec l'idée qu'elle m'en veuille, qu'elle me méprise. Je n'aurais pu vivre avec l'idée de lui avoir causé peine et désillusion.

Je suis mal fait.

La peine de mon décès, par contre, lui passera, car elle le mettra sur le compte de la fatalité. Candice finira bien par trouver le bon gars qu'il lui faut. Et pourquoi pas vous, mon cher Drummond ? J'ai l'impression qu'elle serait séduite par votre courtoisie et votre droiture. Mais là, je me mêle de ce qui ne me regarde plus. Reste que je vous donne un fameux tuyau, croyez-moi.

Évidemment, l'autre option serait de me résigner, de monter dans ce train conjugal en m'efforçant de réserver un ou deux wagons de queue à mes plaisirs solitaires, qui me manquent déjà cruellement. Au fond, ce serait un juste châtiment, une manière d'emprisonnement à vie.

Hélas, ça ne peut pas être si simple. Candice est restée la même dans un aspect de sa personne : elle demeure une indéfectible golfeuse. Les parcours étaient à peine secs qu'elle m'y traînait déjà deux fois par semaine. Elle avait résolu que, durant les beaux jours, nous prendrions des congés rien que pour ça, histoire de compenser à l'avance les périodes où les déformations infligées à son abdomen par notre future progéniture l'empêcheraient de s'élancer avec son élégance habituelle. (Et en plus, je m'étais engagé à jouer quelques parties avec vous. Imaginez ma vie !) Elle nous voyait déjà, par les beaux avant-midi de forfaits familiaux, enseignant à la progéniture en question les rudiments d'un swing efficace. Elle rêvait d'engendrer un nouveau Tiger Woods, version pâle, dont les millions nous assureraient une vieillesse dorée dans les plus beaux clubs des tropiques.

Non ! Non ! Non !

Je déteste le golf ! Comprenez-vous ? Je le détestais avant et je le déteste plus encore aujourd'hui ! Sur un parcours, je me sens toujours aussi vide, inutile, bête, superficiel et accablé qu'en ce jour où Cousin m'y avait entraîné de force. Je m'ennuie, c'est long, c'est plat, il ne se passe rien et ça finit toujours de la même façon.

Sans oublier que, un homme de votre intelligence doit admettre cela, les babillages d'une Candice Groleau ne sont pas les pires insignifiances qu'on puisse entendre en ces lieux.

Et songez qu'en plus la planète se réchauffe ! Songez qu'ici même, au Québec, on pourra bientôt jouer au golf dix ou onze mois par année !

Plutôt mourir, vraiment.

Je vous salue donc. J'ai abandonné depuis long-temps cette idée farfelue d'une vie après la mort, et je crois encore moins à ces histoires de paradis et d'enfer. Je sens pourtant qu'il me sera difficile, à l'instant ultime, de ne pas avoir un éclair de crainte. Si finalement tout cela était vrai, je serais voué à l'enfer. Mais un enfer sans flammes ni démons armés de piques, plutôt un enfer verdoyant avec, ici et là, un trou garni d'un fanion, dans lequel j'en serais réduit pour l'éternité à faire rouler une damnée petite balle.

Ne me le souhaitez pas.

Denis Dupré-Dumont

3

Le rapport
du sergent détective Drummond

Note préalable :

Voici le rapport le plus original de ma carrière, sur une enquête qui fut elle-même des plus particulières. Et que dire du coupable dont elle a finalement permis l'arrestation ? Vous aurez déjà une bonne idée du caractère peu banal de Denis Dupré-Dumont en apprenant qu'il a rédigé sa déposition avec le même soin qu'il avait apporté à sa confession. Je m'en suis d'ailleurs largement inspiré pour écrire ce rapport. Cela a occasionné un peu de retard dans la procédure, mais après tout, je suis au Québec pour perfectionner mon français, ne l'oublions pas.

Dupré-Dumont a écrit, au début de sa confession, qu'il serait ravi d'être arrêté par moi. Une fois le choc passé, il s'est montré parfaitement cohérent à cet égard. Permettez-moi de lui rendre ici son compliment : on aimerait ne devoir jamais arrêter que des criminels comme lui.

De nos jours, le métier de policier est rendu bien pénible par la mauvaise éducation des criminels. Ce mal s'étend à toute la société, jusque sur les terrains de golf, qui ne sont plus le lieu de rencontre des hommes distingués. Dupré-Dumont, lui, est un parfait gentleman. Par contre, ce n'est pas un golfeur. Je me trompais lourdement là-dessus, alors que j'avais totalement raison de le croire coupable.

Sincèrement, j'aurais préféré le contraire.

* * *

Je suis évidemment déçu de n'avoir pas su éviter une autre mort et même de l'avoir provoquée par mon intervention. Je m'en voudrai longtemps, mais je m'en remettrai. Notre métier serait impraticable sans un minimum de résignation face à la dure réalité.

Bien sûr, au moment de la tragédie, j'ignorais le contenu de la confession de monsieur Denis Dupré-Dumont: il l'avait postée le 27 avril, soit le jour même où il avait prévu se suicider. De ce point de vue, je n'ai rien à me reprocher.

Par contre, moi qui me vantais de déceler chez mes semblables les états d'âme les mieux masqués, comment n'ai-je pas senti la passion charnelle qui brûlait encore dans cet être coupable? Après réflexion, je crois que cela a été dû à l'effet du dépaysement. Nous, les Anglais, avons la passion froide. Dans mon île, avec un compatriote, j'aurais flairé l'odeur des désirs. Mais ici, au Québec, les gens me semblaient tellement spontanés, ouverts, limpides dans leurs rapports humains, que je n'imaginais pas un tel pouvoir de dissimulation.

Notez également que j'ai été entravé dans ma réflexion par le fait qu'il n'y avait que moi, d'un océan à l'autre, à croire à la culpabilité de Dupré-Dumont. Rassurez-vous: ce n'est pas dans ma nature de me vanter. La résolution de l'assassinat du docteur Pierre « Pit » Pichette, urologue, épargnera une vaine dépense d'énergie à mes collègues de la GRC, et je dois bien ça au pays qui m'accueille.

Dessaisi de l'enquête et accaparé par d'autres affaires, c'est à temps perdu que j'ai persisté à chercher un petit élément qui m'aurait permis de donner un peu de crédibilité à mes présomptions. De temps en temps, je rappelais Dupré-Dumont pour lui poser une question insignifiante, histoire de le maintenir sous pression, mais je sentais dans le ton de sa voix qu'il ne me craignait plus. En un sens, c'était aussi bien puisque cet excès de confiance aurait pu l'amener à me confier malgré lui un détail utile. Nous nous promettions invariablement de jouer au golf ensemble au retour des beaux jours, et nous nous quittions dans une bonne humeur à peine feinte.

Si j'avais été chez moi, je me serais montré plus entreprenant. J'aurais insisté auprès de mes supérieurs pour qu'ils me procurent davantage de moyens. J'aurais même pu prendre l'initiative de filer Dupré-Dumont, et là, bien sûr, j'aurais découvert sa relation avec Candice Groleau, une relation que le couple persistait à garder secrète jusqu'au mariage. Mais quand on est invité, ainsi que je le suis chez vous, il ne faut surtout pas donner à ses hôtes l'impression qu'on veut leur montrer comment cuisiner le poulet. Les Québécois ont beau être accueillants, ils ne supportent pas la condescendance.

* * *

J'en étais donc réduit à ressasser les mêmes faits et à me demander lequel je n'avais pas suffisamment examiné.

Dans la nuit du 26 au 27 avril, j'ai repensé à cet accrochage qui avait permis au docteur Pichette et à son présumé meurtrier de faire connaissance. Je ne doutais pas de l'existence de cet accrochage, mais je pensais parfois qu'il aurait pu être volontaire. Sauf que le seul témoin de l'accident demeurait le coupable. « La maîtresse ! » ai-je songé tout à coup. Le docteur Pichette lui avait probablement raconté l'incident. Et qu'est-ce qui prouvait que la demoiselle n'en avait pas été témoin, elle aussi ? Dupré-Dumont m'avait affirmé n'avoir pas connu Candice Groleau, ce qui restait plausible vu qu'il disait ne pas être descendu de son véhicule. Ce comportement stoïque était conforme à son caractère. Quoi qu'il en soit, la maîtresse de Pichette se souvenait peut-être d'un détail, sans doute insignifiant pour elle, mais qui aurait pu m'éclairer. J'ai décidé de retrouver ses coordonnées le matin même, dès mon arrivée au poste, et de la contacter. Je m'exposais à des réprimandes si jamais ma démarche parvenait aux oreilles de mes supérieurs, mais tant pis, la vérité l'emporte sur toute autre considération.

Je n'avais pas encore rencontré mademoiselle Groleau. Elle était à l'extérieur au moment de la mort de son amant. À son retour, la thèse de l'attentat terroriste avait déjà été retenue, et les agents dépêchés à sa rencontre s'étaient contentés d'un entretien de routine. Ils avaient noté qu'elle n'était pas du tout le genre de fille qu'on recruterait pour un complot, sinon à titre d'appât, mais ça ne collait pas ici. Elle vendait des médicaments. Elle avait connu l'urologue Pichette dans un congrès, il lui avait proposé une partie de golf, et cela avait fini au lit. Enfin, il l'avait invitée pour des vacances de princesse dans une luxueuse villa. Elle savait qu'il était marié et elle ne nourrissait aucune intention de poursuivre cette aventure. En somme, c'était une histoire banale. Nulle raison de la tourmenter davantage. Et je dois mentionner, tout en le déplorant, que des images prises par le docteur Pichette sur son téléphone portable, où on la voyait toute nue, avaient circulé dans nos bureaux. Mon éducation m'interdit de me complaire dans ce genre d'indiscrétion, mais je n'avais pu m'empêcher de constater que cette jeune personne avait tout ce qu'il fallait pour attiser la convoitise.

La convoitise de Dupré-Dumont? Comment aurais-je deviné? Est-il couple plus improbable que celui dont l'existence vient de nous être révélée?

* * *

À mon arrivée au bureau, j'ai téléphoné à un collègue avec qui je travaillais à l'époque de la mort du docteur Pichette, dans l'espoir qu'il ait conservé les coordonnées de mademoiselle Groleau. Après de méchantes taquineries sur mon «obsession», il m'a donné deux numéros de téléphone.

Le cellulaire de la demoiselle m'a renvoyé à une boîte vocale. L'autre, assorti d'un numéro de poste, était celui de son travail. Quelque chose a tout de suite éveillé mon attention, mais je ne savais pas quoi. Je suis tombé sur un autre message. Candice Groleau annonçait qu'elle était en congé jusqu'au lendemain. C'est en raccrochant que j'ai poussé le eurêka d'Archimède : l'indicatif régional et les quatre premiers chiffres du numéro de téléphone que je venais de composer étaient les mêmes que ceux du numéro du bureau de Denis Dupré-Dumont ! Se pouvait-il qu'ils travaillent au même endroit ?

J'ai rappelé tout de suite et, cette fois, j'ai laissé courir le message d'accueil automatique. Je ne me trompais pas, c'était bien la même compagnie. J'ai composé le numéro de poste de Dupré-Dumont en réfléchissant à la façon dont j'allais demander un entretien à mon suspect sans laisser transparaître mon sentiment de triomphe. Il était lui aussi en congé jusqu'au lendemain matin.

Mon cœur n'avait pas battu si fort depuis le jour où j'étais passé à un yard de réussir un trou d'un coup !

J'ai inspiré profondément à cinq reprises pour retrouver mon calme.

Je pouvais espérer joindre Dupré-Dumont à son domicile. Mais, tout compte fait, il valait peut-être mieux commencer par la demoiselle. Si elle avait quelque chose à cacher, j'étais certain qu'il me suffirait de la regarder droit dans les yeux en lui demandant si elle connaissait un certain Denis Dupré-Dumont pour qu'elle craque.

En réfléchissant, je regardais par la fenêtre. Il faisait un temps magnifique, un temps parfait pour le golf. Tiens, tiens ! Pourquoi s'accorderait-on un congé ce jour-là, sinon pour jouer au golf ?

Candice Groleau habitait Longueuil. J'ai pris un atlas routier. Comme toute personne normale, elle voudrait sans doute éviter les bouchons de l'île de Montréal, et j'ai donc présumé qu'elle jouait dans un rayon d'une cinquantaine de kilomètres au sud du Saint-Laurent. J'ai relevé tous les clubs de golf situés dans ce demi-cercle. Longue était la liste, illimitée ma patience.

J'ai commencé par la périphérie. Quand on dispose de la journée, on ne va pas non plus jouer dans son arrière-cour. J'ai éliminé les terrains les plus petits. Cette première sélection, purement intuitive, m'a amené, après quelques échecs, à téléphoner au club Les Chênes. J'ai obtenu le renseignement que je cherchais, et plus encore. Non seulement m'a-t-on confirmé qu'une Candice Groleau, membre en règle, avait réservé un départ pour deux à 10 h, mais qu'un Denis Dupré-Dumont était aussi membre en règle du club.

De là à conclure qu'ils allaient jouer ensemble, il n'y avait qu'un pas que j'ai franchi sans hésiter. C'est souvent comme ça, dans les enquêtes : tout arrive d'un coup.

Il était trop tard pour les arrêter avant qu'ils n'entreprennent le parcours et, de toute manière, je n'aurais pas eu le cœur de gâcher ce qui serait probablement leur dernière partie avant longtemps. J'ai calculé qu'avec suffisamment de vitesse et un peu d'astuce, je pourrais les surprendre au dix-huitième trou.

Je me suis précipité dans le bureau de Patrick Paquin-Paquette, mon supérieur. Renversé par ma formidable découverte, il m'a accordé deux voitures et les agents correspondants afin de ramener les suspects au poste pour des interrogatoires formels.

* * *

J'avais donné aux agents la consigne d'attendre discrètement, avec les voitures, dans le parking du golf Les Chênes. Moi, j'avais pris un raccourci et je m'étais dissimulé dans un bosquet du dix-huitième trou.

Le couple, que je considérais alors comme une paire de criminels sans scrupules, n'a pas tardé à arriver.

Ils se sont installés sur le tertre. La dame s'est élancée en premier, et je peux confirmer que tout ce que Dupré-Dumont a écrit sur elle dans sa confession témoignait parfaitement de la réalité. Je ne pouvais regarder ailleurs. La grâce et la fluidité qui caractérisaient son mouvement ne le privaient aucunement de vigueur. Jamais, je crois, je n'avais vu ni ne verrai plus jamais la sensualité du golf exprimée avec une telle plénitude. Sa balle accomplit un vol remarquable. La jeune femme manifesta son contentement par un petit pas de danse qui ajouta une touche de crème sur un cake déjà délectable.

Dupré-Dumont, en apparence glacial devant le succès de sa compagne, s'est installé ensuite. Le spectacle fut radicalement différent : il a frappé un coup digne de la contre-performance de Jean Van de Velde à la fin de l'Omnium britannique de 1999. Il s'en est fallu de peu que la balle ne me touche. Elle s'est immobilisée à quelques pas de ma cachette. J'aurais juré qu'il l'avait fait exprès, sauf que j'ai entendu la demoiselle critiquer sévèrement ce qui, semblait-il, n'était pas le premier ratage de son partenaire en ce jour. Nous connaissons tous de mauvaises parties, mais ce coup-là dépassait tout.

J'avais prévu les suivre pour les aborder à l'instant précis où la dernière balle disparaîtrait dans la coupe, mais voilà que Dupré-Dumont venait dans ma direction avec un air de condamné à mort. À ce moment, j'ignorais qu'une bombe était dissimulée dans les herbes hautes et que je courais un réel danger. Il a tout de suite retrouvé sa balle. Il me semblait bien qu'elle était tombée plus près, mais je pouvais me tromper. Jugeant qu'il allait forcément m'apercevoir, j'ai décidé d'intervenir sur-le-champ.

Il levait son bâton lorsque je suis sorti de mon bosquet et que je lui ai lancé :

— Quel mauvais coup, mon cher Dupré-Dumont ! L'hiver a-t-il à ce point engourdi vos membres ?

Il a tourné vers moi un regard effaré.

— Drummond ! Qu'est-ce que vous faites ici ? Vous vous cachez pour m'espionner ?

— En matière de cachotteries, c'est plutôt vous l'expert, lui répondis-je en désignant du menton Candice Groleau qui, assez étonnée aussi, nous rejoignait.

Il s'est tourné vers elle et a compris à quel point il

était compromis. Il a réfléchi trois secondes et a soupiré.

— Je vais tout vous expliquer. Venez, a-t-il chuchoté en s'éloignant vivement de sa balle.

Évidemment, je l'ai suivi, prêt à le pourchasser s'il avait tenté de s'enfuir. Celle que je considérais comme sa complice semblait sincèrement déroutée.

— Mais qu'est-ce que tu fais ? lui a-t-elle demandé quand elle fut à portée de voix.

— Juste un instant, chérie, a coupé Dupré-Dumont en bredouillant et en me bombardant de clins d'œil, Monsieur travaille pour la compagnie. Il faut qu'on se parle, ce ne sera pas long, j'avais oublié quelque chose.

Candice Groleau a fait la moue puis a haussé les épaules, pensant peut-être que cet oubli avait un rapport avec le jeu médiocre de Dupré-Dumont. À l'écart, ce dernier me parla à voix basse.

— Bravo, mon cher Drummond, vous avez réussi ! Oui, c'est moi qui ai assassiné Pichette. Je vous jure que Candice ignore absolument tout de cette affaire. Elle ne sait même pas que je le connaissais. Nous sortions ensemble avant qu'elle fasse sa connaissance ; j'ai agi par jalousie. Je vous supplie de la ménager, de la protéger, même, car elle va recevoir tout un choc. Vous êtes un gentleman et je sais que je peux compter sur vous.

— Sans doute, mais...

— Je vais vous suivre au poste sans faire la moindre difficulté. Ayez seulement la bonté de m'accorder une dernière faveur : laissez-nous terminer cette partie.

J'étais sur le point de lui répondre que je n'aurais su lui refuser ce privilège lorsque nous avons entendu la voix de Candice Groleau.

— Hé, mon Dédé! Pendant que vous jasez, je vais te sortir ta balle de là, pour ne pas retarder les autres!

Dupré-Dumont me fit sursauter en hurlant un «non» qui a claqué comme un coup de feu.

— Non, chérie, non, n'y touche pas! a-t-il encore crié.

Je comprends que, de manière générale, on se fait un point d'honneur de se tirer soi-même d'embarras. Mais j'ai trouvé sa réaction exagérée et, pour tout dire, choquante.

— Allons, mon cher Dupré-Dumont, dans les circonstances, vous ne devriez pas lui refuser ce petit plaisir.

Candice Groleau a elle aussi interprété incorrectement l'injonction de son partenaire et s'en est offusquée.

— Holà! Capote pas pour une partie aussi pourrie! Regarde-moi plutôt!

Et comme pour bien lui faire sentir que ni maintenant ni dans leur vie future elle ne se soumettrait à quelque forme d'autorité que ce soit, elle a frappé un grand coup.

* * *

Quel gâchis!
Dupré-Dumont a expliqué dans sa déposition que,

l'expérience lui ayant appris que l'explosion d'une seule balle ne garantissait pas la mort, il avait agglutiné les trois bombes qui lui restaient avec de la colle et les avait enterrées en n'en laissant paraître qu'une seule.

Travail bien fait, car nous n'avons entendu qu'une unique détonation. La puissance de l'onde de choc a été telle que la victime, aidée par son propre mouvement, a été projetée à six mètres dans la direction opposée à celle du tir. Le rapport d'autopsie attribue son décès à la rupture du cou au point de chute.

Candice Groleau a donc peu souffert. Compte tenu des ravages qu'avait subis la devanture de son corps, et particulièrement cette poitrine qui hantera la mémoire de beaucoup d'hommes, compte tenu aussi des chagrins que lui auraient causés les cruelles révélations qu'on aurait dû lui faire, on doit, je crois, remercier le destin de lui avoir épargné la survie.

* * *

Denis Dupré-Dumont a émis un son de gorge dont lui-même ne connaît pas le nom exact. Il s'est jeté sur le cadavre.

Détournant les yeux de cette scène par trop émouvante, j'ai constaté que l'explosion avait fait voleter une carte de pointage presque à mes pieds. Je l'ai ramassée. Candice Groleau en était à soixante-dix-neuf, donc quatre-vingts avec le dernier coup de départ, ce qui augurait une ronde de quatre-vingt-trois, peut-être quatre-vingt-deux. Je le répète : quel gâchis !

Les agents avaient réagi et les voitures arrivaient. J'ai donné l'ordre d'arrêter Dupré-Dumont, mais pas avant qu'il se soit relevé. Il était à genoux devant sa défunte maîtresse, le visage dans les mains. Il est demeuré ainsi jusqu'à ce que les gens de la morgue aient emporté le corps. Il avait définitivement abandonné la partie.

Dans l'intervalle, j'ai pris le sac de Dupré-Dumont, me suis rendu à la balle de la défunte et je l'ai jouée.

* * *

Une semaine plus tard, j'ai fait déposer sur son cercueil fermé une gerbe verte avec, au centre, sa dernière carte de pointage, conclue à quatre-vingt-deux, ce qui est superbe.

Sources Mixtes
Groupe de produits issu de forêts bien
gérées et de bois ou fibres recyclés.
www.fsc.org   Cert no. SGS-COC-2624
© 1996 Forest Stewardship Council

Achevé d'imprimer
en mai deux mille neuf, sur les presses
de l'imprimerie Gauvin, Gatineau, Québec